河出文庫

そこにいるのに

13の恐怖の物語

似鳥鶏

河出書房新社

恋人にクママリのぬいぐるみをもらい、困っている。

クママリは三年ほど前に急に出てきたキャラクターで、男女問わず、また若者だけでなく高齢層にも「可愛い」と人気があり、今や様々に商品化されどこでも見られるようになった。

だが私は正直なところ、このキャラクターが苦手だった。確かに可愛いのだが、その顔は何か信用できないというか、よくないもののような気がするのである。

とはいえ、これは特に理由のない、ただの私の感覚である。他人に言ってもおそらくは首をかしげられるだろうし、ましてそれを理由に、もらったものを捨ててしまうわけにはいかない。かといって手元に置いておきたくもない。

そんなわけで、私はこのクママリぬいぐるみをどうしようか、決められずにいる。

目次

そこにいるのに

13の恐怖の物語

瑠璃色の交換日記

娘を強盗に殺された母親に会う場合、まずどういう挨拶(あいさつ)をすればいいのか。

当然ながらそんなことは知らない。仕事柄、いつかこうした人にも取材をしなければならないとは分かっていたし、昨夜は色々と頭の中でシミュレーションもしてきたのだが、実際に会ってみるとその痛ましさに、用意していたいくつかの言葉が吹き飛んでしまった。母親は打ちひしがれ、疲れ果てていた。ほつれて乾ききった髪には白いものがまばらに混じり、セーターとスカートには離れて見ても無数の毛玉がぶら下がっているのが分かる。首筋にも目元にも、どうぞ、という手振りで招き上げてくれる手の甲にも、どんなに伸ばしても消えそうにない皺(しわ)がより、かすれた声からは張りというか、本来生きている動物なら最低限保持しているはずの活力すら感じられない。「魂が殺された人間」という言葉をそのまま形にしたらこうなるのだと思った。

わたしは「この度は」と言いそうになり、慌てて口をつぐむ。通夜ではない。この人の娘さんが亡くなったのは六年前だ。だがひたすら悲しさとやりきれなさに耐えるだけだったのだろうと思われるその六年間で、この人は生気を吸い尽くされてしまっている。被害者の母親ということで相当に痛ましいものを想像していたが、実際は想像以上だった。どう接しても古傷をえぐるだけ、というより、この人の中では娘さんの死はまだ生傷なのだと思う。触れればすぐに新しい血が出る。触れていいのだろうか。

玄関に上がらせてもらう時、靴箱の上に写真立てが載っていることに気付いた。中の写真は日焼けで変色し始めていたが、六年前の一家の写真だとすぐに分かった。水平線をバックに笑う父親と、今よりはるかに溌剌(はつらつ)とした笑顔の母親。そしてその両方から肩を抱かれ、少し緊張した様子でぎこちなく笑う女の子。資料写真で見た顔と一緒で、テレビや新聞で何度も見た「殺された野宮千恵理(のみやちえり)ちゃん（8）」のあの写真はこれだったのかと知る。報道されるそれと同じ構図の娘の顔。母親は直接的に事件を思い出させるこの写真を玄関先に置いておいて辛くないのだろうかと思う。それとも毎日見ては泣いているから、六年間でここまで消耗してしまったのか。

六年前、市内の小学校に通う野宮千恵理ちゃん（八歳）が、この家に侵入した強盗により殺害された。

千恵理ちゃんは生まれた時こそ健康だったものの三、四歳から病気がちになり、小学校に上がってからは一年の半分を自宅のベッドで、残りの半分のうちの何割かも病院で過ごすような子だったらしい。事件当時も、彼女は二階の自室で寝ていた。会社員の父親は仕事に、専業主婦の母親は買い物に出ていたところだった。

買い物から帰った母親は、玄関のドアが開いていることをまず不審に思ったのだという。鍵をかけ忘れたのだろうかと思ったが、ドアを開けると明らかに何者かが家に入った様子がある。リビングのドアは開け放され、靴箱も開いていた。母親は真っ先に二階の子供部屋に行き、そして「ビニール紐のようなもので絞め殺された」娘の変わり果てた姿を見る。家中が物色されており、代引き荷物の受け取り用に出しておいた現金八千円余りが盗まれていた。家に有価証券や貴金属などはなく、預金通帳とカードは母親が持って出ていたため、金銭的な被害はそれだけだった。警察は「空き巣のつもりで入った犯人が、千恵理ちゃんがいることに驚いて殺害したのだろう」と判断して捜査を進めたが、事件は現在でも未解決のままである。

編集長のところに母親から連絡が来たのは、六年前、うちの雑誌がこの事件をかなり詳細に記事にしていた縁だという。私はその当時まだ学生だったわけだが、当時の担当記者は三年も前に転職していて、かわりに行ってこいと命じられた。もういいかげん娘の遺品を整理しなければと思って片付けをしていたら、ずっとなくなっていたと思っていた娘の日記帳が見つかったのだという。

母親も、ただの親切心でうちに連絡をくれたわけではないはずだった。世間的には、事件はとっくに風化してしまっている。これが記事になることで少しでも話題になって、事件について新たな情報が入ればという、祈るような気持ちなのだろう。

母親の曲がった背中を見ながら狭くて急な階段を上がり、二階の子供部屋へ向かう。これから入るのは殺人現場なのだ、という緊張は、気取(けど)られてはならないと思う。この母親などおそらく毎日のように、娘が殺されたこの部屋を目にしているのだから。だが、ドアに貼られた「ちえり’s room」というマグネットが生々しく、やはり息が詰まる。

当然のことながら、千恵理ちゃんの部屋は綺麗に掃除されていた。取材が来るから掃除した、というのでないことはすぐに分かった。パステルカラーの可愛らしい装飾がついた学習机。ペン立ての中のきらきらした文具類。きちんと揃えられてブックエンドに挟まれた辞書類と、何かの課題に使ったのかそこから飛び出している無数の付(ふ)箋紙(せんし)が、ここの主であった小学三年生の女の子を生々しく想像させて痛々しい。月並みな表現だが、この部屋は事件時から時が止まったままだった。しかし家の中で一番日当たりがよいであろうこの部屋では、窓のカーテンも、本棚に並ぶ文庫本の背表紙も、六年分の日差しを受けてからからに焼けている。絨毯(じゅうたん)に膝をついて、学習机の脇に置かれた段ボール箱を開ける母親。この母親の服装もきっと当時のままなのだ。彼女はただ、娘が生きていた時と同じように部屋を掃除し、一日ずつ生活してきたのだろう。それが六年間続いた。生活パターンを変えてしまうと、娘がもういないことを実感してしまうから。だが実際に八歳の娘がいたら、六年も経てば部屋も生活パターンも全く別のものに変化するはずだ。六年間もそのままであることが逆に、千恵理ちゃんがもういないことをはっきりと示している。そのことに気付かない母親の様子が心に刺さった。彼女はこのまま永遠に、八歳のままの娘の部屋を掃除し続けるのだろうか。

「これです」

振り返った母親が、A5サイズの日記帳を出した。表紙にウサギの顔が大きく描かれた可愛らしいものだ。中のページも色とりどりの紙で作られているのが分かる。

「よろしいですか」

「はい」

最低限の言葉で許可を取り、開いてみる。殺された娘が、おそらくは最期の日までつけていたであろう日記帳。交換日記であり、一番頻繁に家に遊びに来てくれていた友達と交わしていたという。友達の子が持ってきて、また次にその子が来る時までに書いて渡す。携帯を持っていなかったという千恵理ちゃんの生活では、外界との貴重なつながりの一つだっただろう。

内容次第では泣かせる記事が書ける。私は痛ましさをこらえるためあえて下衆(げす)に徹して考える。相手の子の方の許可はまだだが、千恵理ちゃんの書いた部分だけでも使いようはある。

9月26日 ☁→☂ ちいちゃんへ
今日は4時間目から雨だった！ 4時間目は体育のプール。めっちゃサムかった！ 先生が水温23℃とか言ってたけどぜったいうそ。みんなくちびるがむらさきになってて、さいごのほうは「だれが一ばんくちびるがむらさきか」勝負だった。
プリンセス5巻ありがとう。まだ38ページだけど、デュルク騎士長かっこいいね！ ネズミがにがてとか、もしちいちゃんちにいたらルビーとサファイアのこともこわがるのかな？ それはちょっとたよりないかも……。でも、あとからかっこよくなるそうなので楽しみです。

9月27日 ☂→☀ なっつんへ
今日は朝から体調が悪くて病院に行ったんだけど、病院のいすですわってたらよくなっちゃった。晴れたせいかな？ 明日は学校に行けるかも。
ネタバレになるから書けないけど、5巻は第5章がすごいよ！ デュルク騎士長、ネズミ以外にはすごく強いし。騎士長がもしうちに来たら、ルビサファとはがんばって仲良くなってもらう。2匹ともかまないから大じょうぶだと思う。ちなみにルビーはきのう、ヒマワリの種記録こう新です。63個。最後はほお袋がすごいことになってて、面白すぎてデジカメで写真をとったので、プリントアウトして、今度来てくれた時にあげる。めっちゃ笑えます。

でも、明日学校に行けたら明日渡せるね。須藤さんたちは元気？　会いたいよー

　色とりどりのページの上に、ラメが入ったりモコモコ膨らんだりする玩具(おもちゃ)のペンを駆使して書かれた短い交換日記。だが一ページ一ページに競い合うようにシールが貼られていて、どのページもイルミネーションのようだ。こういうファンシーな雰囲気は今の子でも変わらないのだなと思う。

「……他愛もない日記ですけど」母親が言う。

「いいえ。すごくちゃんと書いていますね。友達のこの子も」ページをめくる。どのページもこのボリュームなのだ。「この『デュルク騎士長』って『いきなり！　プリンセス』シリーズですよね。私が小学校の頃一巻が出て、私もリアルタイムで読んでたんです。そうか、千恵理さんも……」

　途端に殺された千恵理ちゃんが生身の人間に感じられ、私は涙が溢れそうになって慌てて目元を拭う。こちらが先に泣いてどうするのか。

　だが遅かった。私の言葉を聞いた途端、母親はうっと呻き、両手で顔を覆って嗚咽(おえつ)を漏らした。しまったと思いながらハンカチを出すが、母親は気丈に涙を拭い、日記

帳を指さした。

「……あの子は、交換日記が嬉しくて、何度も何度も読み返していました。事件の日も、そうだったみたいなんです。……そこの、ページに……」

母親がどのページを指さしているかは分からないが、最新のページではないらしい。粘着の弱くなったシールが剝がれないよう、慎重にページを遡っていく。

9月6日　✡　なっつんへ
今日はせきが出ていまいちでしたが、スイカを食べるとなぜかせきが止まりました。私のせきはスイカで止まる！　それとも魔法のスイカだったのかな。種をルビサファにあげたんだけど、なぜかサファのほうが怖がって、一もくさんに逃げた。いったい何と戦っているのだ。サファよ。逃げたくせに回し車で遊ぶという、変なヤツです。
始業式は行けなかったけど、おとといのみんなはまっ黒ですごかったね。まだまっ黒だよね。日焼けっていつになったら元に戻るのかな。先生にはだめって言われてるけど、一回海に行ってまっ黒になるまで思いっきり日焼けしてみたい。なっつん、やったことある？
『プリンセス』気に入ってくれてよかったです。こんど2巻をかしてあげるね！

たすけて　おかあさん

ページの隅にその文字を見つけて、一瞬私は総毛立った。殺された千恵理ちゃんの、明らかに急いで書いたとみられる走り書きの文字だった。他の文字と違いここだけ鉛筆書きで、すぐ横に貼られたクママリの可愛いシールとの対比が際立っていた。装飾を凝らして綴られた日常と走り書きの切迫感の差が、ぞっとするような生々しさを覚える。

「これは……」

「あの子は」母親は嗚咽混じりの声で言う。「この日記帳を見ていたんです。きっと。それで、とっさに……」

おそらくその通りだ。犯人が家に侵入してきた時、千恵理ちゃんはこの日記帳を読み返しながら二階のベッドで横になっていた。家の中は静かだっただろうから、二階にいた彼女も侵入者に気付いたかもしれない。だが逃げられなかった。怖くて動けなかったのか、逃げる体力がなかったのか。そして犯人が二階に上がってくる。あるいは千恵理ちゃんは、犯人に誘拐されると思ったのかもしれない。そこでとっさにこれを書いた。だが犯人は結局、彼女を連れ去りはしなかった。誘拐犯であった方がよほどまだ。犯人は彼女をあっさり絞め殺した。どこにでもあるビニール紐で。

――「たすけて　おかあさん」。

母親に助けを求めるメッセージ。当時、父親は夜しか家におらず、日常の世話はほとんど家にいた母親一人でやっていたというから、千恵理ちゃんにとっては助けを求めるべき相手は母親しかいなかっただろう。だが彼女はその時、家にいなかった。どれだけの絶望だろうか。

ぞっとした。だがそれは、ただの恐ろしさや、被害者の不憫さによるものではなかった。これは衝撃的な内容だ。強盗に絞め殺された少女の、殺される直前の直筆の言葉。いくらでも下衆に盛り上げることができる。だがその内心を、目の前の母親に悟られてはならなかった。

「あの子は、私に、たすけて、って……」

母親は床に崩れ落ちた。「……ごめんね、ちいちゃん……ママ、いなくてごめんね……」

私は母親の背中をさすった。最新のページでなかったため、千恵理ちゃんの最後のメッセージが母親に届くまで六年もかかった。これを見つけた時、彼女はどれだけショックを受けただろうか。ようやく気持ちが落ち着いてきたかもしれないところに、こんな残酷な発見があるだろうか。

母親は背中を揺らして泣き続けた。私はどうすることもできず、ただその背中に手を当てているだけだった。その一方で「これはいける」と考えている自分が嫌だった。

「……すみません」

母親が洟をすすりながら立ち上がった。「みっともないところをお見せして。……顔を、洗ってきてよろしいでしょうか」

「はい。あの、ゆっくり……」

私に顔を見せないようにして部屋を出ていく母親の背中を見送り、それから私は、手にした日記帳を見た。「殺される直前の人間が書いた言葉」。そのコピーだけで求心力は充分だ。だが、それをやってしまっていいものか。時間をかけて編集長にメールを送り、送ってからもひたすら考えた。母親の好意でこれを見せてもらっておきながら、興味本位の記事にするのはあまりにも……。

かなりの時間、没頭して考え込んでいたと思う。私はそこでふと気付いた。

走り書きの「たすけて　おかあさん」は、ページの下端に書かれている。ページの周辺部分にはどのページも様々なシールで装飾が凝らされていて、「たすけて　おかあさん」の文字の横にも、大きめのクママリのシールが貼ってある。だが。

……千恵理ちゃんが殺されたのは六年前だ。六年前にクママリはあっただろうか？　顔を近づけてじっと見た。シールの下にも何か書いてある気がする。鉛筆書きの線がわずかにはみ出て見えている。

つまり、このシールは字を書いた上から貼られているのだ。どういうことだろう。迷ったのは一瞬だった。あとでまた貼り直すこともできる。私は爪を立てて、クママリの頭の方から、紙を破らないように慎重にシールを剝がしていった。なぜこの位置にシールが貼ってあるのだろう。そして思い出した。クママリが流行りだしたのは三年前くらいからで、六年前には絶対にまだなかった。つまりこのシールを貼ったのは千恵理ちゃんではありえない。鉛筆で書かれたこの文字の上から、誰かがシールを貼った。

シールが剝がれ、下から鉛筆書きの文字が現れた。「たすけて　おかあさん」の文字の続きの位置に。

に　ころされる

ぎしり、という足音が、すぐ後ろからした。人の気配を、驚くほど近くから感じた。私は後ろを振り向いた。

空間認識

車を降りた瞬間、ぎらりとする太陽の光と蟬(せみ)の大合唱がざっと襲いかかってきて思わずのけぞってしまった。周囲の斜面には濃くて深い緑がはち切れんばかりに枝を伸ばして生い茂り、太陽は真上で真っ白くぎらついている。運転中、日差しの強さは感じていたが、これほどまでに騒然と暑いとは思わなかった。まったく、車に乗っているとエアコンと密閉された空気で何も分からなくなる。

道端に停めた車の、灼熱したドアを閉めてデジカメを出す。照射するような日差しが肌の露出した二の腕を焼く。あまりに日差しが強くて、光で肌を押されているような感覚すらある。これは大汗をかきそうだし、短時間でも随分日焼けをしそうだ。日焼け止めを塗ってくるべきだったかと思ったが、この焼かれる感覚は嫌いではなかった。都会は冬がいいが、田舎は夏がいい。しかしそれは夏休みの観光や盆の帰省でだけ田舎を訪れる都会者の勝手な感想だろうか。田舎の風景は好きだ。それも打ち捨てられて古びているのがいい。蜘蛛(くも)の巣の張ったトタン屋根のバス停。錆びて読みにくくなっている道路標識。崩壊しかかって薄暗く、やっているのかいないのか分からない商店。時の止まったような異世界。しかしこれも地元の人に対しては失礼な感傷だろうか。

日差しに抗うように顔を上げ、十メートルほど先の踏切を見る。いい踏切だなと思ったから、ここで車を停めたのである。さっき走ってきた二車線道路から右に入ると、盛り土されて少しだけ高くなった単線の線路を、これまた細い一車線の道が横断する。小さな踏切だ。後ろには民家があるが、踏切の周囲には何もない。左右の線路を見渡しても、伸び始めた苗が等間隔で生える田んぼがどこまでも続いているだけで広々と何もない。畦道の緑と空の青。なるほど空が高い、とはこういう風景を言うのだなと実感する。しかしじっくりと眺めるのは少々辛い。直射日光で頭がじりじり焼かれているし汗がじわじわと出ている。体を捻ると、すでに出た汗をだいぶ吸っているシャツの生地が冷たくなって背中にぺとりと張りつき、風でふわりと離れ、風が止むとまたぺとりと張りついた。

この風景をもう少し堪能していたくもあるが、突っ立っていたら熱中症になりそうだ。ここらで手早く一枚。デジカメのスイッチを入れ、日光が反射して見えにくくなる液晶画面に手で庇を作りつつバッテリー残量を確認する。家を出る時に充電をしてこなかったが、まだ撮れそうだ。

天気のいい休日は、田舎に出かけて写真を撮る。学生時代からそういう趣味というか行動パターンができていた。「写真が趣味」というほどではなく、だからカメラも携帯性を重視した小型のものだ。撮った写真は別に印刷もせず、パソコンのフォルダに整理して時々眺める程度だから、それでいいのである。乗ってきた車もレンタカーだ。写真も旅行もほどほどで、ただ行って、ぶらぶらして帰ってこれればそれで満足なのだった。今回などはいい踏切が撮れそうで、すでに収穫充分である。道端から何枚か撮り、逆光を避けつつ後ろの民家も撮り、それから踏切内に入る。電車はさっき通ったし、見通しはいい。突っ立ってファインダーを覗(のぞ)いていても問題ないだろう。そもそも一時間に一本も走っていないようなローカル線だ。邪魔にはならない。

　踏切内に立って線路の先を見ると、これまた期待以上のいい画(え)になった。田んぼの中をどこまでもまっすぐに続く単線。彼方には逃げ水。電化されていない路線のため頭上に架線がなく、それがこの広さにつながっていると気付く。線路の左右に立木がなければ絵葉書のように完璧な風景になっていたところだが、茂った葉が線路上に伸びてきているのも、これはこれでいい。「旅に出よう。」とかキャッチコピーをつけてJRのポスターにできそうだ。温かい風がそろりと吹き渡り、左右の田んぼにさあっと波紋が走る。口を開けたままその様子を眺め、今のを撮っておけば凄まじくいい写真になったのではないかと思ったが、ひと唸りしてこらえた。写真が趣味、ではないのだ。欲を出すと、そのうちいいショットを求めて常に一喜一憂するようになる。のんびりした旅だからいいのに、台無しになってしまう。

ファインダーを覗き、前方と後方の風景を横長で一枚ずつ撮る。写真の方にこだわり始めるときりがなくなるからと自制していたが、この構図はすごくよかった。あの木を避けて、とか、いっそ遠くに列車が来たタイミングを待って、とか考え始めるのをこらえる。さりげない写真でいいのだ。

別の構図を探していると、下の方から声がした。

「おおい。あんた。いかんよ」

どこから声がしたのかと思ったら、二車線道路のむこう、民家の生け垣の中から白いシャツを着た老人がこちらを見ていた。目が合うと老人は背筋を伸ばし、駄目だ駄目だ、と手を振った。「いかんよ。撮っちゃ。そっちは駄目だって」

周囲には誰もいないし、老人は確かに私を見ている。私に言っていることは間違いなさそうなのだが、何を言われているのか分からなかった。線路内で立ち止まるな、ということだろうか。

「すみません。すぐ出ますんで」

線路内に立ち入ったわけでもないし、他の通行人も車もない。別に何も悪いことはしていないのだし、この老人に謝らねばならない道理はない。だが地元民を怒らせてトラブルを起こす観光客は最低だと常々思っている。黙って頭を下げた。「線路内を撮っただけですので」

自分の家を撮られていると勘違いしたのかもしれないと思いそう言ったが、老人は手を振り、私を追い払うような仕草をした。「駄目だって。そっちは撮っちゃ」

老人が私の前方を指さす。そちらをあらためて見るが、別に何もない。左右は田んぼで立木があるだけ。昼休み中なのか、農作業中の人も見当たらない。何がいけないのだろうと思ったが、老人は続けて言う。「そっちは駄目だって。こっちはいいけど、そっちは駄目」

私の前方と後方を交互に指さして、老人は真剣な顔で言う。前方は駄目で、後方はいいのか。妙な話だった。どちらの風景もたいして変わらないし、プライバシーを侵害するような形で民家が写り込んだりもしない。なぜ前方だけが駄目なのか見当がつかなかったが、老人は駄目だ駄目だ、というふうに手と首を振っている。「そっちは駄目だから。早く帰んな」

なぜ、と訊く前に、老人は背中を向けて家の中に入ってしまった。

私は前方を見た。単線がまっすぐに続いている。これの、何がいけないのだろうか。分からないが、とにかく撮るものは撮ったのだし、暑い中、ここにこれ以上居座る必要もない。私は踏切を出て車に戻った。たった数分なのに、車内はもうむわりと暑くなり、いつ入ったのか、サイドウインドウの内側に緑色のカメムシが張りついていた。

旅の楽しみのもう半分は家に帰ってから広げる土産(みやげ)だと言う人もいて、それはよく分かる。ただ私は、各地の銘菓やら特産品やらには特に興味がない方だった。せっかく行ったのだから何か買って金を落とした方がまっとうな気もするが、意図的に地元に金を落とす、というのも何かしっくりこないのだ。だから私にとっては旅先で撮ってきた写真を自宅のパソコンで確認してフォルダに整理する作業こそが、旅の楽しみの「もう半分」なのである。旅から帰ってきた後、自室にこもってパソコンにデジカメをつなぐ。「収穫物」を確認する楽しい時間だった。自室に入って荷物を置く。

パソコンチェアの上に胡座(あぐら)をかいて座り、なかなか起動せず、なかなかＵＳＢケーブルを認識せず、なかなか画像フォルダを開いてくれないパソコンにいちいちじりじりしながら画面を見る。撮影した画像のアイコンが一つずつ、ぽ、ぽ、と表示されていく。一番左上の画像ファイルを開くと、これまたなかなか画像が表示されなかったが、携帯をいじりながらしばらく待つと、画面いっぱいに高速道路のＰＡ(パーキングエリア)で撮った建物の写真が表示された。デジカメの画面で見た通りにちゃんと撮れている。清潔なトイレとフードコート、それに土産物の売店のある建物。わりと何度か来たことのあるＰＡだが、大きなラブラドール・レトリバーを二頭連れた男性がいたため今日は印象に残っている。これが今日、最初の一枚だ。マウスを操作し、時系列に写真を見ていく。PAの駐車場、高速を下りてすぐ昼食をとった蕎麦屋、国道沿いのガソリンスタンド、県道を入ってしばらくのところで一休みした小さな神社の鳥居、と写真が続く。景勝地でもなければいい瞬間を捉えるでもない、本日の旅の記録、である。路地の野良猫の写真に続いて、単線の踏切の写真が表示される。踏切の外から撮った数枚に続いて、踏切内から撮った二枚。二枚目の方を表示させながら思い出す。地元の老人が出てきて、なぜか「そっちは駄目」だと言ったのがこの写真だ。だがこうして見てみても、やはり何か問題のあるものが写り込んでいる様子はない。右端の方に民家の屋根が少し写っているが、屋根の一部だけで、家の中は見えないし表札なども何も見えない。あとはどこまでもまっすぐに続く単線の線路の左右に、田んぼとか木しか写ってないのだ。予想通りのいい画だった。奥の方でカーブしているが、そこに向かってまっすぐに延びていくレール。これぞ「道」という気がする。学生の頃、美術の授業で習った「消失点」という単語を久しぶりに思い出した。消失点に向かってまっすぐに延びる一本の道。広い青空。風の吹き渡る田んぼ。遮るものは何もない。

だが気付いた。線路のはるか先の方、カーブしているあたりに白いものが写っている。写っている位置からして列車の車両かと思ったが、違う。何かが立っているのだ。

「……人?」

画面に顔を近づけてみてから、マウスを操作してできる限り拡大してみる。もともといいカメラではないので、拡大してもあまりよく分からなかった。だが顔のようなものが見える気もするし、人影にも見える。白い服を着た人間のような。

私は首をかしげた。人など写っていないはずだった。だいぶ遠くではあるが、撮影時にはちゃんと確認した。誰もいなかったはずだ。それに。

画像の白い人影に目を凝らす。明らかに線路の上に立っている。だが人影が立っているような位置には駅はもちろん、踏切などなかったはずだ。なぜあんなところにいるのだろうか。それともカメラの不具合か何かで、実際には何もなかったのだろうか。

気になったが、画面上でただ眺めても何も分からない。写真に詳しい友人もいたからあとで訊いてみようと思ったが、今日はもう少々、遅い。とりあえず彼の携帯にメールで画像を送り、明日の昼あたりにでも見てもらおうと思った。マウスを操作し、画像を添付ファイルにして自分の携帯に送る。これをSNSにアップする方が手間がない。背後の棚の上に置いてある携帯が振動して、メールの着信を伝える。

きい、と鳴る椅子を回して携帯を取る。携帯の小さい画面で、はたしてこの人影のようなものがちゃんと見えるだろうか。受信したメールの添付ファイルを開き、携帯を横に持ち直して画像を表示させてみる。目を凝らしたがそのままのサイズではよく分からず、人影の写っていた、線路のむこうの方を拡大してみた。あった。白い服だ。顔と、黒い髪もちゃんと見える。画面のせいなのか、なぜかさっきパソコンの画面で見た時よりも細部がはっきりと分かった。明らかに人間だった。髪が長い。女性だろうか。そしてやはり、どう見ても線路内に立っている。

そこまで確認して、奇妙に感じた。こんなにはっきり見えただろうか。さっきパソコンの画面で見た時より、細部がよく見えている気がする。パソコンのディスプレイより携帯の方が新しいが、もとの画像データは同じものなのだ。なのに、どうして見え方が違うのだろうか。というより、どうもパソコンで見た時より大きく見える気がする。

画面を撫でて拡大した部分を戻す。何か、おかしい気がした。パソコンで見たものと違う。人影の周囲の何かが。というより、人影の位置が違う気がする。もう少し奥ではなかっただろうか。近くの、この草の生えているところより左側だった気がする。記憶違いだろうか。

まさか、と思う。しかし携帯にデータを送った際、携帯の方のトリミングか何かが自動で機能してしまって、少し違う画像になっている可能性はあった。パソコンの電源はまだ落としていない。こちらの画面で見たらどうだろうか。携帯に送った画像をパソコンに再送信し、ダウンロードフォルダ内に表示された画像ファイルを開いてみる。

やはり、違った。さっき見た画像と違い、今度は、人影であることがはっきりと分かった。絶対に、さっきはこんなにはっきりと見えなかった。だから友人に見せてみようと思ったのだ。どういうことだろうか。それに。

画面に顔を近付け、それから少し離れて見る。大きな画面で全体像を見ると、よりはっきりと違和感があった。位置が違う。人影はもっと奥の方、線路がカーブしているあたりにいたはずだ。

どういうことだろうと思い、今度は携帯の画像を見る。画面が小さすぎ、全体を見るとよく分からなくなるので、とりあえずその画像を添付ファイルにし、再びパソコンの方に送り返してみた。ブラウザのメール受信箱を開き、ちょうど現在の時刻で送られてきている画像を開く。「……何、これ?」

明らかに違っていた。長袖の白い服を着た、髪の長い、おそらくは女。顔を下に向け、腕をだらりと下げている恰好のようだ。

その時点で完全に、記憶違いなどではないと判断できた。最初の時はこんなにはっきりとは見えていなかった。線路がカーブするあたりの位置に、人影のような白い何かが小さく見えただけだったはずだ。今は違う。人間だとはっきり分かるサイズだ。自分の携帯と自分のパソコン。同じファイルをやりとりしていただけなのに。なぜ画像が最初と違っているのか。こんな写真は撮っていない。

そういえば、なぜ撮影した時は気付かなかったのだろうか。

このサイズと距離の人影なら、ファインダーを覗いていても分かったはずだ。なぜ撮った時におかしいと思わなかったのだろうか。というより、こんなものがいただろうか？　もちろん、最初にパソコンで見たくらいのサイズなら、見落としてもそれほど不思議ではないのだが。

そこで、気付いた。

最初見た時、人影は線路の、カーブが始まったところよりむこうにいたはずだ。それが、さっき携帯で見た時は少し移動していたように見えた。今は明らかに、カーブより手前に立っている。手前の草。あの草より左にいたはずだ。なのに今は右にいる。これは、位置が違っている、というより……。

……近付いてきている。

「……まさか」

椅子の上でのけぞり、画面から顔を離す。そんなはずがない。

背後から視線を感じた気がして後ろを振り返る。後ろにはいつもの本棚があるだけで、本の隙間に置かれたクママリのぬいぐるみも、いつも通りそっぽを向いたままだった。

不意に思い出した。この写真を撮った時、なぜか地元の老人が、妙に強く「駄目だ」と言っていなかっただろうか。

——そっちは駄目だって。こっちはいいけど、そっちは駄目。

そう言っていた。反対側はいいが、こちら側を撮ってはいけないと。マウスを動かし、画像フォルダの、一つ前の画像を表示させる。同じ場所で反対側を向いて撮った写真だ。線路は少し先でカーブしており、画としてはさっきの写真の方がいいのだが。

こちらには、何もいない。

再びもとの画像に戻る。こちらには、やはり、いる。最初に見た時はカーブの途中だった。それが携帯で見たらカーブを曲がり、再びパソコンで見たらさらに移動している。線路の上を。少しずつ。こちらに向かってきている。

写真に詳しい友人に送るつもりだったが、予定を変えた。友人というほど親しくはないが、オカルト関係の雑誌に記事を書いているライターのアドレスを一人、知っているのだ。あの踏切のあの場所。何かいわくがあるなら、知っているかもしれなかった。地元の老人もそれを知っていたのではないか。胸騒ぎがした。何か、嫌な感覚がある。もしかして私は何か、関わってはいけないものに関わってしまったのではないか。

件名：突然失礼します（添付ファイル　1件）
本文：突然失礼します。夜中にお送りしてしまって恐縮ですが、見ていただきたい画像があります。この写真の線路上、遠くの方におかしなものが写っているのです。場所は××県××郡××のあたり。この線路は××線××駅～××駅間のもののはずです。この場所で何か、心当たりはないでしょうか。

先入観を与えないため、写っているのが人影だとは書かないことにした。人影がこちらに近付いてきている、などということももちろん書けない。オカルト雑誌のライターだからって、オカルトを丸々信じているわけがないのだ。
そういえば「生活が不規則だ」と言っていたライターの人はこの時間でもまだ起きていたらしく、すぐに返信をくれた。

件名：ご無沙汰しております。（添付ファイル　1件）
本文：いい写真をありがとうございます。面白いですね！　確かに線路の真上あたりに写っているこの雲、「蜘蛛の形をした雲」に見えます。ちなみにその隣の雲は蝶のように見えなくもないので、ご指摘の雲と合わせると「巣にかかった蝶に襲いかかる蜘蛛」のシーンに見えます（よく分かるように、ガイドラインを入れた画像をお戻しします）。友人にこうした画像が好きな人間がいるので、見せてもよろしいでしょうか？

携帯を操作して「もちろんどうぞ」と返信を送りかけて、首をかしげた。先に、ライターの人から返信されてきた画像を開く。アプリで加工され、空の雲の輪郭が赤い線で強調されていた。なるほど、確かにその線があれば蝶の形に見えるし、その隣の雲は蜘蛛の形に見える。だが。

「……なんで？」

雲より、人影だ。なぜこの人は、人影の方には全く触れていないのだろうか。それとも、雲を先に見つけてしまって、写真に写っている線路の遠くの方を見ていないのだろうか。ちゃんと見れば、おかしいことがひと目で分かる。こんなにはっきり写っているのだから。私は返ってきた画像の全体を表示させた。そこで動けなくなった。

また近付いてきている。

携帯を持ったまま、息が止まった。さっき送った時より、さらに近付いている。線路のむこうから、こちらに向かって。白い服がはっきり見える。長袖から覗く、だらりと下げた手の指が見えるほどになっている。さっきは見えなかった。大きさが違う。

位置も明らかに違う。線路沿いのこの木より後ろにいたはずだ。前に出てきている。

　とっさに携帯を捨てようとし、だが画面から目を離せずに強く握りしめる。動いている。もう絶対に、間違いがない。こちらに向かって近付いてきている。動悸を感じ、息苦しさと、叫びたいような衝動に駆られた。こんな、馬鹿な。画面を叩いて画像を消そうとしたが、すんでのところで思い留まった。画面を消している間に近付いてくる気がする。

　画面を見る。青空。水を張った田んぼ。まっすぐに延びる単線の線路。その先に、少し離れたところに白い服の女が立っている。こちらを向いている。じっと見ると、女と目が合った気がした。むこうも、こちらを見ている。

「そんな……」

　ライターの人はなぜこれに気付かないのか。気付かないはずがない。

件名：Re: ご無沙汰しております。（添付ファイル　1件）
本文：もちろん構いません。しかしその前に、線路の先のところを見ていただけましたでしょうか。実は私が気になっていたのはこちらです。白い服の女が立っているように見えますよね？

白い服の女、と入力し、書いてしまっていいのだろうかと急に不安になった。他人に告げ口をしているような感じになる。まずい気がする。

だが気付いてもらわなくてはならない。私は写真を再び添付し、アプリを使って女の周囲を赤で丸く囲んだ。女はさっきと同じ位置にいる。大丈夫、動いていない、と繰り返しながら送信した。

返信はすぐにあった。

件名：Re:Re:ご無沙汰しております。（添付ファイル　1件）
本文：ありがとうございます。ちなみに、雲以外にも何か面白いものが写っているのでしょうか？　線路のあたり、赤で囲んでいただいた部分につきましては、よく見てみたのですが、ちょっと確認できませんでした。その右側の木の枝の隙間が猫の顔のように見えなくもないですが、これのことでしょうか。

「……なんで？」

違う。全く違う。どうして気付かないのだろうか。ということは、この女は私にしか見えていないのだろうか。戻ってきた画像を表示し、そこで初めて私は、しまった、と気付いた。表示してはいけない。

だが、もう遅かった。女はまた動いていた。手をだらりと下げ、歩くでも走るでもなく気をつけをしたままで、しかし確実にこちらに近付いてきている。もう顔がはっきり見える距離だった。前髪がかかって目のあたりは見えないが、無表情に口を閉じて、まっすぐ、間違いなくこちらを見ている。

来る。

どうすればいいのだろう。誰に相談すればいいのだろう。実家の親に電話したかったが、この時間では間違いなくもう寝ている。それにこの女は私にしか見えないのだ。画像を送っても何も分かってもらえないし、そもそも。

私は気付いた。送信してはいけないのだ。どこかに送ったり、あるいはコピーをするたびに、この女は近付いてくる。

——そっちは駄目だって。こっちはいいけど、そっちは駄目。

そういうことだったのだ。写真など撮らなければよかった。いや、撮ってもすぐに消しておけばよかったのだ。私はカメラを家にまで持ち帰ってしまった。自分のパソコンに写真を入れてしまった。うちに招き入れてしまったのだ。

私は写真が表示されている画面をタップする。ゴミ箱型の「削除」ボタンが表示される。早く消さなくてはならない。まっすぐこっちに来ている。間違いなく私を見ている。だが指が動かなかった。今さら消しても意味がないのではないか。もう目が合ってしまっているのに。それに。

そこでようやく、私は重大なことに気付いた。私の携帯にある画像と、パソコンに送ったものと、デジカメの元画像。それをすべて消しても、まだ画像は残っている。ライターの人に写真を送ってしまったのだ。あの人にも画像をすべて消してもらわないといけない。いや、それだけではない。ライターの人は友人にも送ると書いていた。もう送ってしまっただろうか。だとすると、また近付いてくるのではないか。

件名：緊急です
本文：すみません！　お送りした画像ですが、どうもプライバシー的にまずいものが写っていたらしく、すぐに消していただけないでしょうか。友人の方にはもう送信してしまいましたか？　その場合、すみませんがその方にもすぐに消していただけるようにお願いしてください。本当に申し訳ありません。

送信し、じりじりとしながら待つ。電話番号も知ってはいるから、電話した方が早いだろうか。携帯の画像フォルダを開き、画像をすべて削除する。これでどうか、と祈ったが、「削除しました」のメッセージが出ても、全く解決した気がしなかった。今さら画像だけ削除しても無駄だ。むしろ削除して見ないでいる間に近付いてくるかもしれない。

無駄だ、逆効果だ、と心の中で声がしている。それでもデジカメを出して画像を消し、スリープ状態になっていたパソコンを起動させてこちらからも削除した。見ないように、と思っていたのに、焦って操作を間違い、削除する時に一度、画像を表示させてしまった。見たのはちらりとだが、確かに来ていた。もう、走って逃げてもすぐに追いつかれる距離に。

いなくなれ。いなくなれ。いなくなれ。

パソコンのホーム画面を見ながら祈る。すべて消した。きっといなくなった。もう、私のところにはいない。ライターの人やその友人のところに行ったかもしれないが、悪いがそれはもう知らない。そう。きっともう消えた。

だが、携帯が振動した。メールの返信が来たのだ。

件名：Re: 緊急です

本文：申し訳ありません。画像の件、私は削除したのですが、友人の方はすでにSNSにアップしてしまっていたようです。すぐに削除するという返事でしたが、どうやらもうすでにかなりの反響があったらしく、各所に取り上げられてしまっています。せめて注意喚起をしたいのですが、私が見る限り、何か問題になるようなものが写っているようには見えません。具体的にどの部分が問題になるのでしょうか。

私は脱力して椅子の背もたれに背中をあずけた。遅かったのだ。もう消せない。マウスを動かしてブラウザを起動させる。拡散されているということは、もうすでに、適当なキーワードで検索すれば引っかかる状態かもしれなかった。だとすれば。女はコピーするたびに近付いてきていた。今、日本中の人があちこちでそれをやっている。何十回、何百回とコピーが繰り返されたことになる。

ブラウザが起動した。「蜘蛛に見える雲」で画像検索すると、蜘蛛の画像が大量にヒットしたが、その中に一つ、明らかに他の画像と違う、風景の画像があった。サムネイルの小さな画像でも分かった。白い服の女が線路に立っている。

胃のあたりに強い圧迫感を覚えながらも、手は勝手に動いてしまう。画像をクリックすると、あの写真が出てきた。線路の上の女は、もう十メートルほど離れたところまで来ていた。いや、今もこの画像が、多くの人の手でコピーされ続けているとなると。

画面がちらつき、女が近付いていた。髪の毛で目が隠れていて見えない。

画面がちらつき、女が近付いた。もう、話ができる位置だ。

画面がちらつき、女が近付いた。口の端が上がっている。笑っているのだろうか。

画面がちらつき、女の顔が近付いた。肌が白い。何かこちらに囁(ささや)いているように見える。

私は叫び声をあげ、マウスを操作してブラウザを閉じた。閉じる瞬間、また女の顔が近付いたのが、一瞬だけ見えた。電源ボタンに手を伸ばして、力の入らない指で長押しする。電源が切れない。切れないようにされたのだろうかと思ったが、少し待つと、ぶつ、という小さな音とともに画面が暗くなった。

暗くなった画面に私の顔が映った。

そしてその後ろに、薄笑いを浮かべた女の顔が映った。

街灯のない路地

駅から家に帰るコースは大枠では定まっているのだが、厳密には不確定のままである。残業とか接待とか何かでお酒を飲んで額や目尻に疲れを染みこませたスーツの人たちと同じ速さで改札を出て、階段を下りて駅南口へ。出てすぐのローソンかTSUTAYAに立ち寄る日と立ち寄らない日があるが、最近は予備校に夜中までいるため駅に着いた時には頭の中が「早く横になりたい。部屋のベッドでゆったりしたい」で八割方占められているし、夕食とか夜食めいたものを予備校近くのファミリーマートで買って食べることが多いので、お腹も特に減っていない。何より、同じ時間に降りた帰宅者たちの大部分が住宅地のある同じ方向へ同じペースで歩くので、それを外れると自分が文字通り「外れ者」になったような微妙な不安感があるのだ。左右や後方を見れば、流れを外れてローソンに「引っかかっている」人たちもちらほらいるのだが。

ロータリーを向かって左側から突っ切ってメインストリートへ出る。そう大きな駅でもないので、同じ方向に行く人の数はこの時点でまばらになり始める。歩道橋のある交差点を渡り、小川の橋を渡り、真っ暗に沈みかえった小学校の前を過ぎて、ひとブロック行ったら左折。住宅地の路地に入る。この時間だと大通りもそれほど人通りはないが、路地は完全に無人になる。そのこともあって、母親は駅まで車で迎えにいくと言ってくれるのだが、いくらなんでも大げさだと思い、丁重にお断りした。駅から家まではほんの数百メートル。路地は百数十メートルに過ぎない。大通りを左折して前へ三ブロック、右へ二ブロック。それだけなのだ。暗いが街路灯もちゃんとついている。

コースが不確定なのはその最後の五ブロック分だった。住宅地は碁盤目状というか櫛形になっているから、どこまで直進してどこを右に行っても「前へ三ブロック、右へ二ブロック」さえ合っていればほぼ等距離で自宅に辿り着く。最初の頃はあえて遠回りをしたり、逆に最短と定めたコースに固定したりしていたが、今は気分次第でランダムに曲がるスタイルが定着して一年以上そのままだ。もっとも最近は前前前右右、の翌日は前前右前右、というふうに「パターン化されたランダム」に収束しつつある。人間にはどうも「完全にランダム」というのはできないらしい。

だが、どんなにランダムに歩こうが、「その家」の前は必ず通るのだった。私の家のあるブロックの端にあるからだ。避けるためにはぐるりと大回りをしなければならない。

外見上は普通の家だった。埃で汚れた白い軽自動車がガレージに駐まり、表札は出ていない。一階の窓は昼でも夜でも雨戸が閉まっている。そして、二階。

二階の窓のそれに気付いたのは、一ヶ月ほど前だった。

この家は、一階はいつも雨戸が閉まっているが、二階の窓には常に明かりがついている。厚手のレースのカーテンが閉められていて、そこだけが白く光っている。通る時に見上げることも時折あったが、特に意識はしていなかった。いつもお風呂の水音がする家もあるし、犬が吠えてくる家もあるのだ。それらと比べれば特に目立たない。

だが一ヶ月前のある日、私はこの家の二階を見上げた。

なんとなく見上げた、というか、ぼんやり周囲を見ていたら視界に入った、という方が近い。二階の窓にはいつものようにレースのカーテンが閉まり、明かりがついていたが、そこに人影があった。

あ、誰かいる、と思った。人影は黒いシルエットで、男の人なのか女の人なのかも分からない。そういえばこの家の住人の姿を感じたのはこれが初めてで、私は歩くスピードを少し緩めた。

そこで気付いた。人影はじっと突っ立っているだけで、まったく動く様子がないのだ。

何をしているのだろう、と思った。窓際に突っ立って。

私は歩みを止め、二階の窓を見ていた。人影は動かなかった。携帯で電話でもしているのだろうかと思ったが、何も持っている様子はなかった。

おかしいと思った。たとえば携帯で喋っていたり、本棚を眺めていたりしても、頭や肩が少しは揺れるものではないだろうか。だがあの人影はまったく動かずにじっと突っ立っている。ということは、外でも見ているのだろうか。私はその家の反対側を振り返る。同じような家と夜空があるだけだ。特に目を引くような建物はないし、月も流れ星もない。

私は二階の窓に視線を戻す。それならあの人影は、何を見ているのだろう。不審に思って目を凝らしても、人影は動かない。じっと見上げている私と同じように。両腕もだらりと下げたまま、ただ、ぬっと立っている。

そこで気付いた。つまり、私を見ているのではないか。

私がじっと見上げてしまったからかと思ったが、そういえばあの人影は私が見上げる前からじっと突っ立っていた。むこうが先に私を見ていたのだ。なぜ。

なんとなくばつが悪くなり、少し気味も悪くなり、私は早足で家に戻った。

だが次の日も、やはりその家の二階の窓には明かりがついていた。私は前の日のことをふと思い出して見上げてしまった。レースのカーテンのむこう、昨夜と全く同じ位置に人影があった。目が合った気がして、慌てて早足になって帰った。

嫌な気分だった。やはり本当に私を見ているのだろうか。前の日とは時間帯が違うのに、どうして私が家の前を通ることを分かったのだろうか。

もしかして、ずっと待っていたのだろうか。私を。

考えすぎだと思い、忘れようとした。だが、その次の日も、またその次の日も、その家の二階の窓に明かりはついているのだった。見ないようにと思っても、通り過ぎざま、ついちらりと見上げてしまう。すると全く同じ位置に、やはり人影があるのだった。全く同じ姿勢で、じっと突っ立っている。私は毎日、帰る時間が違う。六時半のことも十一時過ぎのこともある。なのに、いつもいる。私はさすがに気味悪くなり、その次の日からわざと大回りして、その家の前を通らないようにして帰ることにした。しかし数日経つと面倒になり、またいつものコースに戻った。すると、やはり人影はいた。普通、何日か通らなければ諦めるものではないのか。

正直なところ、母や友達に相談するかどうかは悩んだ。気持ち悪いし、異常だとは思うが、何かされたわけではないのだ。私を見ているのだという証拠はないし、外で待ち伏せをされるとか、そういう実害もまだない。ただ二階の窓から、レースのカーテン越しに家に帰る私を見ているだけなのだ。私は相手の顔すらまだ見たことがない。

無視しようと決め、それから数日の間は、その家の前を通る時は顔を上げないことにした。ストーカーは反応すると喜んでつけあがるという。それなら徹底的に無視するのだ。あからさまに顔を伏せて避けるのも「反応する」のうちに入ってしまう気もするが、通るたびに顔を上げて相手を見てしまっては、こちらも気があるのだと勘違いされかねない。

　だが、そうしたらそうしたで、それも難しいのだった。二階の窓に明かりがついていることは路地を曲がった時に見えてしまう。そこからひたすら、露骨に俯くでも走るでもなく、一方的に見下ろされているのを感じながら、しかしこちらからは相手を見ずに自然に無視する、というのは、思ったよりずっと疲れることとなのだった。

　最初の数日はうまくいった。だがある日、私は失敗した。窓の明かりがついていることは見えたが、人影が本当にいつもの位置にいるのか、もしかしてもう諦めていなくなっているんじゃないかと思った。もしいなくなっていたら、私はずっとひとり相撲をしていたことになる。馬鹿馬鹿しくはないかと思った。私は振り返って二階の窓を見上げた。

　人影は全く同じ位置にいた。しまったと思った。

　むこうが私を見ていることが、なぜかはっきりと分かった。

　そしてその手が、ゆらり、とゆっくり動いた。

　私はバッグを抱くように抱えて走った。やっぱりまだ待っていた。そして私を見ていたのだ。こちらに向けて手が動いた。挨拶をするというか、手招きをするように。

　気持ち悪い。やっぱり誰かに相談しよう。

　その日は母親が夕食をとっておいてくれた。私は温め直されたそれを食べながら、傍らの椅子に座り、食卓に置かれたクママリ人形を撫でながらテレビを見ている母親に言った。

「……ねえ。近所のことなんだけど」

母親がこちらを見たのを確認して続ける。「……角のとこに、いっつも二階の電気だけついてる家、あるの知らない？　一階は雨戸が閉まってるのに」

「ああ、あそこねえ。気持ち悪かったよね」

私は母親を見た。母親もあれに見られていたのだろうかと思ったが、何かおかしかった。「気持ち悪……かった？」

「そうよ。……ああ、あんたは聞いてなかった？　あそこの人、死んでたのよ。死体で見つかったの」

母親が何を言っているのか、最初は分からなかった。

「えっ。お母さん、それどこのこと？　角の家のことじゃないの？　白い軽自動車の駐まってる、一階が雨戸で」

「だから、そこ。あんたあの日遅かったっけ？　中年の男の人だって。ずっと一人暮らしで誰も来なかったから、誰も気付かなかったんだって」

「死んでた？」私は一瞬、母親が何か勘違いをしているのだと思った。「だって、あそこの部屋、いつも電気がついて」

「だから、それよ。気持ち悪いよね」母親は目をそらしてカーテンの方を見た。「住んでた男の人、二階の部屋で首吊ってたんだって。窓際のカーテンのところで。ぜんぜん身寄りもない人だし、誰も訪ねてこなかったから、しばらくそのままだったって。もちろん今はもう片付けて掃除して、誰もいないけど」

「……首を」

私は毎晩見ている窓の明かりを思い出した。レースのカーテンが閉まっていて、そこに人のシルエットがあった。窓際の、いつも全く同じ位置に。動かないまま。

私は、急に冷たいものが喉の奥からせり上がるのを感じた。

死体だったのか。あれは。

毎晩ずっとあそこにいるのか、と思っていた。違う。ぶら下がっていたのだ。首を吊って。私は首吊り死体を相手に、ずっと……。

いや、違う。私はもう一つ気付いた。

「ちょっと待って。お母さん。それ、死体が見つかったのっていつの話？」

母は答えた。

「三ヶ月くらい前？　まだ暑かったから、すごい臭いだったって」

翌日の夜、私はまたいつもの帰り道を歩いていた。結局、予備校で遅くなった。そして路地でどのルートを通っても、あの家の前は通らなくてはならない。大回りで迂回しようかとも思ったが、やめた。二階の住人は、とっくの昔に死んでいたのだ。私が怖がっていた相手はもういないのだ。

足が帰り道を覚えている。私は吸い寄せられるように路地を曲がり、その家に近付いてゆく。

あの家には誰もいない。とっくの昔に。だから私は首吊り死体をずっと見ていたのだ。だらりと腕を下げて、カーテンレールからぶら下がっていたのだ。そう思った。最初は。

街路灯の明かりが、地面にできた私の影をぐにゃりと伸ばす。

でも、それはおかしい。死体が見つかったのは三ヶ月くらい前だという。今は片付けて掃除して、誰もいないという。だが私は昨夜もあの人影を見ている。

とっくに火葬されているはずなのに。どうしてまだあの窓際にいるのか。

私は立ち止まった。あの家の前だった。角を曲がる時に、明かりがついているのも見えた。あの明かりもずっとついたままだ。それはおかしくないか。

それに。私は思った。昨夜、あの人影は、確かに動いた。私に向けて、手を、ゆらりと。

私は顔を上げた。人影があった。全く同じ位置に。全く同じ姿勢で。私を見下ろしている。

その手が、ゆら、と動いた。

私は思わず悲鳴をあげ、背を向けて走り出していた。

暗い路地を走る。後ろからあれに見られているのが分かった。私は激しく後悔していた。なぜあの家の前で立ち止まったりしてしまったのか。私は今ので目をつけられた。それをはっきり感じた。そして分かった。あれは見えてはいけないものだ。本来見えないはずのものであり、見えてしまっても、見えていないふりをして通り過ぎないといけなかったものだ。

自宅が近付いてくる。私はそこで思い出した。今日、母親は帰りが遅くなると言っていた。今、家に帰っても誰もいないのだ。

どうしよう。家に帰らずこのまま走り続けた方がいいのだろうか。いや、母親が帰るまで鍵を締めて、カーテンも雨戸も全部閉めて。

家の前に着き、バッグから鍵を出す。そこで気付いた。明かりがついている。母親がもう帰っているのだろうか。私は自宅を見上げた。

二階の部屋の窓に、明かりがついていた。

レースのカーテンが閉まっていて、窓際に人影があった。

その手がゆっくりと動いた。ゆらり、と。手招きをするように。

こどもだけが

ママとふたりで、おじいちゃんのうちにいった。

おじいちゃんのうちはとおいので、いきはバスだったけど、かえりは、しんかんせんにのった。ぼくはしんかんせんがだいすきなので、ママがにっこりわらって、「かえりは、しんかんせんにしようか」といってくれた。

ぼくはうれしかった。どのしんかんせんに、のれるのだろう。N700系かな。800系かな。E3系かもしれない。ぼくは、うきうきして、えきのホームにあがった。

E5系がきた。なつやすみのあいだだけしかはしっていない、しゃたいにクママリのえがかいてある、クママリトレインだ。ぼくは、ほんとうはいつものE5系のほうがよかったけど、それでも、うれしかった。ぼくがこれまでのったことがあるのは、500系と700系とN700系だけだ。E5系ははじめてのる。あおと、ちゃいろでかっこいい。ぼくはたのしくて、スキップをしながらでんしゃにのって、ざせきにすわった。さんれつのざせきで、まどのほうはさきにおじさんがすわっていたので、ママはまんなかに、ぼくはつうろがわにすわった。E5系はとてもはやくて、すーっとうごいた。まどのそとが、すごいはやさでながれていく。とてもたのしい。

はずだったのに。

つうろをはさんで、ななめまえのせきに、こわいひとがいた。こわい、おんなのひとが。

こわいひとは、なんどもふりかえって、ざせきごしにぼくをじっとみた。うるさかったからおこっているのかな、とおもって、とちゅうからずっと、しずかに、いいこにしていたのに、こわいひとはなんども、ぐるりとふりかえって、ぼくをみた。かおがおかしいひとだった。かおが、はだいろじゃなくて、しろくて、かみが、ボサボサだった。くちびるが、あかくなくて、むらさきいろだった。めも、くろいところがなくて、ぜんぶ、しろめだった。ぜんぶしろいめで、ぼくをにらんだ。ぐるりとふりかえって、にらんで、それから、ゆっくりまえをむいた。

あのひとは、どうしてあんなにこわいのだろう。あのひとは、にんげんじゃないようなきがした。こわいのに、どうしてもきになって、ぼくはそちらをみてしまう。みているとふりかえるから、みないようにしたいのに、どうしてもみてしまう。ふりかえらないで、とおもうのに、ふりかえる。ふりかえって、ぜんぶしろいめで、ぼくをにらむ。

まわりのおとなたちは、みんなまえをむいている。こわいひとのとなりのせきも、だれかがすわっているのに、うごかない。ねているのかな。こわいひとの、まえのせきのひとも、うしろのせきのひとも、みんなまえをむいて、だまっている。となりのママはスマホをみている。ママのとなりのおじさんは、ねている。みんな、だまっていて、うごかない。こわいひとだけが、ときどき、ぐるりとふりかえる。くろいところがないめで、ぼくをにらむ。

ぼくは、ママのそでをひっぱった。「ママ。ママ」

ママはスマホをみている。「なあに」

「こわい」

「こわくないでしょ」ママはスマホをみている。「しんかんせん、だいすきでしょ。はやくてこわいの？　こわくないでしょ」

ちがう。しんかんせんがこわいんじゃなくて、ななめまえのせきに、こわいひとがいる。

「こわい。ぼくはママをもっとつよくひっぱる。まえのひと、こわい」

「なに？」

ママはスマホからかおをあげて、まわりをみまわす。ななめまえのこわいひとは、まえをむいている。ママはまたスマホをみる。「こわいひと、いないじゃない。そんなこと、いっちゃだめ」

ちがう。こわいひとはいま、まえをむいているだけなのに。でも、ママはスマホをみている。ぼくはななめまえのせきをみた。こわいひとが、ぐるりとふりかえった。ぼくはママのそでをひっぱった。ママはこちらをむいてくれなかった。

　こわいひとが、また、ゆっくりとまえをむく。ぼくはママにいえなくなった。さっき、こわいっていったのを、きかれたのかもしれなかった。

　しんかんせんが、はしる。ママはもう、はなしをきいてくれない。まわりのせきのひとも、まえをみている。こわいひとだけがうごいて、ぐるり、とぼくをみる。どうして、まわりのひとはこわくないのだろう。ひょっとすると、まわりのひとには、あのこわいひとがみえていないのだろうか。

　ぼくは、なるべく、こわいひとをみないようにするために、ちがうものをみることにした。まえのざせきの、ポケットにはいっているパンフレットの、ひょうしにいるクママリをじっとみた。でも、どうしても、きになって、まえのせきをみてしまう。すると、こわいひとがぐるりとふりかえる。だからぼくは、めをつぶって、ねたふりをすることにした。ねたふりをしていても、こわいひとはぐるりとふりかえって、ぼくをみているきがした。めをつぶっているから、なにもわからなかった。でんしゃがはしるおとがする。すこしだけゆれている。

　いつのまにか、ねてしまった。

　ママが、ぼくをゆすっておこした。「ついたよ。たって」

ぼくはたって、ママといっしょにしんかんせんをおりた。ママとてをつないで、ホームにおりたとき、あのこわいひとのことをおもいだした。ママはぼくのてをひっぱって、あるいていく。ぼくはついていく。そういえば、あの、こわいひとは。でんしゃをのりかえて、うちのちかくのえきでおりると、そらがくらくなっていた。おなかがへっていたけど、えきまえのおみせはこんでいたので、ママは「でまえをとろう」といった。

えきからでると、よるだった。ママは、「なにをたべたい？」と、たのしそうだった。しんかんせんに、こわいひとがいたのに。ずっとこわかったのに。

ママは、ぼくのてをひっぱって、いえにむかってあるいていく。ママはたのしそうだ。どうしてきづかないのだろう。あれは、にんげんじゃないのに。

ついてきてるのに。

遠くのY字路

お父さんの転勤で、小学校六年生の春、地元を離れて東京にやってきた。

東京はどちらを向いてもビルがびっしりで、しかもそういう景観が駅前だけでなくどこまでも続いていて、しかも見上げるほど高いビルがあちこちにたくさんあった。駅前には人が異常なほど多く、最初は何かのお祭りなのかと思ったが、東京ではこれがいつものことらしかった。つまり東京はいつもお祭りで、すべてが駅前なのだった。街を歩きながら呆然とする僕を見て、お父さんは「東京に前から住んでる人とあとから東京に来た人はすぐ見分けがつくんだ。あとから来た人はビルを見上げてるからな。今のお前みたいにな」と言って笑った。僕は感心したが、あとから考えてみればこれは微妙に「嗤(わら)われた」のではないか。別に怒る気はないが。

しばらく過ごして東京に慣れてくると、それまで気付かなかったこの街の特徴もぽつぽつ見つかってくる。まず、東京は坂と川が多い。そして「Y字路」、つまり右前方と左前方に道が分かれる形の交差点がたくさんあった。地元の道路は基本的に碁盤目状だったから、これは随分と奇妙な風景に感じられた。東京の道は中途半端に曲がったり行き止まりになったりして、なぜこうなったのかがよく分からない。僕の地元のように碁盤目状にするのが一番無駄がないはずなのに、どうして細い隙間のような土地ができて、そこに細い板のようなビルが建つのだろう。

その奇妙さは僕にとって面白く、最初の頃はちょっと遠出をしてわざと知らない路地に入り込んでみたりもした。だがそのことをクラスの友達に話すと、東京で生まれ育ったその友達は眉をひそめた。

——やめた方がいいよ。「Y字路おじさん」がいるかもしれないから。

何それ、と最初は笑った。だが友達は真剣だった。Y字路にはY字路おじさんがいるかもしれない。だからあまりY字路を通ってはならない。

今思えば、僕はこの時、友達の忠告をもう少し真剣に聞くべきだったのだ。

その日、僕は、いつもの通学路から少しだけ外れたルートを通って帰っていた。東京は道がたくさんあり、遠回りをアリにすれば帰り道のコースは無限に選択できた。家までの短い距離をいつもとは違う知らない道を通って帰るのは、引っ越してから僕が一人で始めた「趣味」で、いきなり変な路地があったり突然小さな鳥居があったり小川が流れていたりと変化に富んだ東京の街並みは、それを手頃で安全な「冒険」にした。今思えば、東京の路地でそんなことをするのは少しも手頃でも安全でもない、子供が一人でしてはいけないはずのことだったのだが。

　その日なんとなく選んだのは、大きな歩道橋のある交差点を渡ってからコンビニの角を曲がるルートだった。すでに通ったことがあるためそう目新しくないルートだったが、面白みも何もない最短コースで帰るよりは少しだけましだと思った。コンビニの角を曲がると道が細くなり、自転車や植木鉢が置いてあって下の方に苔が生えた薄暗い路地がある。そこを通り抜けると二車線道路の道に出て、あとはほぼ家までまっすぐだ。

　だがその日、僕は路地の途中にもっと細い路地を見つけた。車は一台も入れないような道で、側溝の上を歩く感じで、本当にこれは道なのか、ただの隙間なのではないのかという感じの路地だ。このルートは何度か通ったことがあったのに、この路地の存在はこれまで気付いていなかった。これまで、あっただろうか。こんなところに路地が。

　それまで「冒険」を趣味にしてきて、知らない路地に入り込むのを得意にしていた僕も、その路地の前では少し躊躇(ためら)った。その路地は奥が見えなかった。まっすぐ進めるなら家までの近道になるはずだったが、近道できそうな気配が全くなかった。周囲はまだ日が高く、風もなく、のどかな春先の午後のはずなのに、その路地の中はひんやり冷たく、湿っていて、なぜか薄暗かった。

ここは入ってはいけない場所だ、というのは、すぐに分かった。大人はしばしば、特に理由も言わずに「ここに入ってはいけない」とか「こっちに行ってはいけない」とか言う。神社の裏の林に入ってはいけない。用水路沿いの柵を越えて先に行ってはいけない。六年生にもなると、そういう「入ってはいけない場所」というのが、経験でなんとなく嗅ぎ分けられるようになり、ここから先は怒られそうだからやめておこう、と友達と言いあって引き返したりするようになる。その程度の嗅覚は僕にもあって、だから僕は、この路地が「入ってはいけない路地」だということは分かっていた。

Y字路おじさんに会わないよう、Y字路はできるだけ避けなければならない。Y字路でも、「Y」の字の「V」の部分から入るのなら問題ない。「V」の形になる二本の道から、「V」のもう一本へ曲がるとか、道なりに「I」の方へ進むとかならいい。だが「I」の道から「V」のどちらかに入ろうとするのはいけない。「V」の頂点のところにY字路おじさんがいる可能性があるからだ。

それでも僕は入ったのだった。だからこそ「冒険」なのだと思っていたし、鞄には携帯電話が入っていたから、絶対に安全なはずだった。僕は路地に踏み込んだ。なぜかその時に考えていたのは、Y字路おじさんのことと、真剣な声でそれを話して――というより「教え諭して」くれた前の席の友達の顔だった。何かにつけ親切な奴で、転校してきたばかりの僕に一番最初に話しかけてくれたのも彼で、学校の色々なルールとか用語とかを教えてくれたのも彼だった。

　路地は予想通り狭かった。徒歩で僕一人が通るには問題がなかったが、両側のブロック塀は汚く黒ずんでいて、肩や鞄が触れてしまわないように気をつけなくてはならなかった。足下の側溝は錆びた金属製の蓋(ふた)で、踏むと時々ガコンと動く「罠」があったため、僕は一歩一歩慎重に進んだ。進んでいくとまん前に電柱が立ち塞がった。どう見ても路地のまん中に図々しく生えている電柱に、これは柵代わりで、ここから先は立入禁止なのではないかと思ったが、家並みもブロック塀もまだ続いているし、二メートルほどむこうには割れたプラスチックのバケツが転がっていたから、きっと人が入ってはいけないというわけではないのだ。誰かに怒られたら「転校してきたばかりで道を間違えた」と言おう。僕はそう判断し、電柱を避けて先に進んだ。後ろを振り返ると、今、歩いてきた路地の入口はとっくに見えなくなっていた。たぶんもう、もとの道に戻るより、進んだ方が早い。

Y字路でも、大丈夫なY字路もある。Y字路の「V」の頂点、分かれ道のところの区画に何も建っていないY字路なら大丈夫だ。そこが駐車場だったり、小さな公園だったりするなら、Y字路おじさんはいない。だが分かれ道のところに建物が建っている場合は駄目だ。その建物が交番なら大丈夫。コンビニも大丈夫。郵便局だと少し危ないが、これもまず大丈夫だ。だがそのどれでもない建物が建っていた場合、そのY字路はまずい。それはY字路おじさんがいる可能性のあるY字路である。

僕は路地を進んだ。電柱を避けた時、鞄を塀にこすってしまったことに気付いたが、背中から降ろして見てみると角が少し白くなっているだけで、もともとその部分は白くなっていた気もしたので、背負い直して進んだ。塀のむこうから植木の枝が飛び出してきていて、葉がぎざぎざに尖った、名前の分からない木の枝をかがんでかわすと、路地が左に折れていた。折れるとすぐに、少し道幅が広くなっていて、前と右の二股に分かれていた。方角からいって右の方が家のはずで、僕は迷わず右の方に進んだ。周囲は高いブロック塀で囲まれていて、迷路のようだった。

僕は少し広くなった路地を進んだ。人の気配はなく、周囲の家も、こちら側はすべて勝手口のようだった。路地にはぽつぽつと、様々なものが置かれていた。錆びた自転車。三輪車。割れた三角コーン。乾いた土が入っているだけの植木鉢。廃墟なのか、と思った。塀は高く、どの家も中は見えなかった。路地は少し左に曲がっており、もう少し進むとまた少し左に曲がった。家の方に向かっているのではないことは分かったが、戻るよりは近いはずだった。十字路が現れ、僕は前か右かで悩んだが、前を選んだ。家まではだいぶ遠回りになるかもしれないが、それはもうよかった。帰れるかどうかの方が心配になってきていた。五時半までに帰って観たいテレビがあったが、もうそれどころではないような気がした。

僕は歩いた。ブロック塀に囲まれ、見通しのきかない路地をずっと歩いた。十字路が現れ、T字路が現れ、そのたびに僕は家の方角により近いであろう方を山勘で選んで曲がった。もう、引き返そうにももと来た道を覚えていないため、とにかく前に進むしかなかった。路地は予想していたよりずっと長く続き、僕はいつもの通学路からほんの少し外れただけのところに、こんな迷路みたいな場所があったことに驚いていた。古くて使われているのかどうかも分からないポスト。半分剝がれた何かのポスター。誰かが落としていったクママリのキーホルダー。塀越しに見える二階建てのアパートの、茶色に錆びた外廊下の鉄柵。同じような建物がずっと続いた。

少し寒いな、と思って立ち止まったら、太陽が沈みかけて空が赤くなっていた。自分の影が、アスファルトの上に黒く長く伸びている。気がつくと、周囲が暗くなってきていた。塀の中。電柱の影。曲がり角の先。周囲のあちこちに暗いところが増えてきていて、そこから夜がじわじわと湧き出て水位を上げてきていた。僕は早足になった。少なくとも、完全に夜になってしまう前に家に、でなくとももっと明るい、人のいる広い道に出なければならなかった。僕は立ち止まって鞄を探り、携帯電話を出して手に握った。最悪の場合、これを使うしかなかったが、握った携帯電話は妙に冷たく、本当に作動するのだろうかと頼りなかった。僕は電源ボタンを押してみた。いつものホーム画面が出た。

僕は早足になって歩き出した。角を曲がるとY字路があって、僕は一瞬ぎょっとしたが、誰もいなかったのでそのまま進み、右の道を選んだ。少し進むとT字路があり、僕はまた右を選んだ。ポストがあり、カーブミラーのある曲がり角があり、曲がるとまたY字路があった。迷ったが、また右を選ぶともとの場所に戻ってしまう気がして、今度は左を選んだ。左へ進むと、またY字路があった。今度は右を選んだ。

僕は息を切らし、もうほとんど走っていた。何かがおかしかった。どうしてこんなにY字路ばかりなのだろう。すでにだいぶ歩いた。今は走っている。どうしてぜんぜん広い道に出ないのだろう。周囲が暗くなってきていた。煙草(たばこ)の吸殻が落ちていた。塀の穴から流れ出ている黒い水が細く流れを作っていて、僕はぴしゃりとそれを踏んで走った。Y字路が現れ、僕はもう考えることなく右を選んだ。すぐにまたY字路が現れた。どれも頂点に細い建物が建っていて、危険なY字路ばかりだった。早くこの路地を出たかった。こんなにY字路ばかりでは、そのうちY字路おじさんが出てしまう。戻ろうかとも思ったが、引き返すともっと迷う気がした。角を曲がった。Y字路があった。僕は左に進んだ。

Y字路に入ったら、一瞬立ち止まって、分かれ道のところに誰もいないことを確かめなくてはならない。誰かがいたらすぐに引き返さなければならない。誰かがいたとしても、女の人だったり、子供だったり、杖をついているお年寄りだったなら安全だ。だが男の人がいたら、絶対に逃げなくてはならない。座っていたり背中を向けていたらまだ安全だが、立っていて、こちらを向いていたら、それはほぼ間違いなくY字路おじさんだから、見たらすぐに走って逃げなくてはならない。

左に進むとY字路が現れた。誰もいないことを確かめてから右に進んだ。さっきのところで右を選んでもY字路だった気がするし、この先もどうせY字路だろうということはなんとなく分かっていた。角を曲がった。Y字路があった。

僕は声をあげて立ち止まった。

Y字路の分かれ道のところに人影があった。

僕は引き返した。暗くて黒いかたまりにしか見えなかったが、男の人のようだった。よく見えなかったが、たぶんこちらを向いていたはずだった。僕は走った。さっきので見つかった気がしたから、とにかく全速力で走るしかなかった。背中で鞄がゆさゆさ揺れ、走ると踵（かかと）が少しずれる買ったばかりのスニーカーでは、ちゃんと全速力が出せなかった。それでも必死で走った。十字路を左に曲がるとＹ字路が現れた。その分かれ道のところに、また黒い人影が立っていた。僕はまた引き返して走り出した。Ｙ字路が現れ、やはり同じ黒い人影が立っていた。僕は引き返して走った。すでに見つかっているのは明らかだった。逃げなくてはならなかったが、どれだけ走っても人のいる広い道は出てこなかった。またＹ字路が現れ、急いで立ち止まって引き返す。左右の塀を跳び越えて陰に隠れようかと思ったが、塀の中の暗闇の方が明らかに危険だった。またＹ字路が現れ、引き返して走り、角を曲がって、振り返ってもＹ字路が見えないところで立ち止まり、携帯のスイッチを入れた。地図を表示させ、指で拡大する。おかしかった。地図で見る限り、周囲はただの路地で、Ｙ字路など一つもなかった。僕は何の変哲もない帰り道の途中でコンビニの角を曲がり、住宅地の中を歩いていることになっていた。電波は来ているはずなのに、現在位置を示すアイコンはそこから全く動かない。

　周囲を見回した。薄暗い路地。空は赤いまま、さっき見た時と全く同じ色をしていた。塀と建物が邪魔で遠くは見えなかった。僕は歩き出した。曲がり角があり、どうせ曲がった先はＹ字路なのだろうと思った。やはりＹ字路で、同じ黒い影が立っていた。僕は息を切らし、立ち尽くした。自分が疲れ切っていることに気付いた。それでもとにかく、逃げなければならなかった。僕は人影に背を向けて歩き出した。疲れて痛くなってきた脚を動かして路地を進みながら、僕は悲しんだ。なぜ自分がこんな目に遭わなければならないのだろうと思った。何も悪いことをしていないのに。だがそれは違った。僕は明らかに入ってはいけない路地へ入ったのだ。親や友達や先生に言ったら、みんなそう言うだろうということが分かっていた。でも親も友達も先生も、たぶんもう会えないだろうということは分かっていた。どうしてあんなことをしたんだろう、と後悔した。いつもと違う道なんか通らなければよかった。路地なんか入らなければよかった。せめて、あの電柱のところで引き返していたら、まだ帰れた可能性があったのに。

前からY字路が現れた。僕は立ち止まって周囲を見て、自分が今、Y字路を出てきたところだということを知った。Y字路の「V」の部分から、僕は今、出てきたところだったのだ。振り返ると、すぐ目の前に人影があった。近くで見ても、なぜか黒くしか見えなかった。僕は道に座り込んだ。

Y字路おじさんに手を引っぱられて歩きながら、僕は今でも後悔している。どうして入ってはいけない路地なんかに入ったのか。

Y字路おじさんは座り込んだ僕の手をつかんで立たせ、僕を引っぱって歩き出した。僕も歩かなくてはならなかった。Y字路おじさんは相変わらず黒っぽくてよく見えず、僕の右手をつかんでいる手も、薄暗くてよく分からなかった。だが手はもうがっちりと捕まえられていて、振りほどくことは絶対にできなかった。もう何時間歩かされたのだろうか。もう何百回もY字路を通った。どのY字路にも黒い人影がいて、引っぱられる僕と引っぱるY字路おじさんを見ていた。疲れ切った状態よりさらにひどくなった脚はもう痛みも感じず、かすかに靴の裏が地面に触れる感触が伝わるだけで、おそらくもうだいぶ腐っているはずだった。それでもY字路おじさんは、同じスピードで僕を引っぱり続けた。

夕暮れの薄暗い道を、黒っぽい何かに手を引っぱられたまま、僕は歩かされ続けた。たぶん死ぬまで歩かされるはずだった。薄暗くてよく見えなかったが、脚は腐ってきていた。両脚が腐ってなくなっても、Y字路おじさんは残った僕の胴体を引きずり続けるに違いなかった。胴体もじきに腐ってすり切れ、頭と手だけになっても、Y字路おじさんは引きずり続けるのだろうと思った。

オンライン中

【エゴサーチ】
自分の名前やハンドルネームなどをインターネット上で検索して、自分の評価や自分に関する話題が出ているかどうかなどを調べること。ラテン語の「ego（自己）」と英語の「search（検索）」を組み合わせた造語である。インターネット上ではしばしば「エゴサ」と略記される。

私は私が、とりたてて何の特徴もなく目立った活躍も前科もなくたとえどんな基準で人間を二つに分類しても常に「その他大勢」「普通の人」の側に入るモブだということを知っている。吉田美咲（よしだみさき）。二十七歳。会社員。人材派遣会社の総務部で事務職。地元の普通科高校を卒業後、東京の私立大学に入学して上京。現在はそのまま都内で就職してワンルームに一人暮らし。収入はそこそこで仕事は可もなく不可もなくこなしているつもり。交友関係は広くも狭くもなく、月に二、三度、職場の同僚と飲みにいき、時折、大学時代の友人と会ったりする。大学時代に交際経験はそこそこあるが現在は一人。週末はぶらぶら散歩したり家でごろごろしつつ、撮りためたテレビドラマを観たり携帯で無料の漫画を読んだりして過ごす。趣味は特にない。特技もない。好きなものは、あえて言うなら猫と塩辛と某ブランドの服。携帯の待ち受け画像は二年前に実家で撮った飼い猫の画像。名前はチャコ。

並べてみても目をひく情報が一つも出てこない。そもそも自分の特徴を挙げろと言われてもすぐに「これだ」と出てくるものがなく、「まあ、あえて言えばこれ？」という答えばかりになる。太ってても痩せてもいないしまあ特別不細工ではないはずだが美人では絶対にない。こうしてみると自分という人間の平凡さに驚くが、別に自分は何の才能も持って生まれてこなかったし平凡な両親のもとに生まれたのだから仕方ないと思う。そうやって何も行動を起こさずに諦めてしまうあたりもまた平凡なのかもしれない。

その私が、「吉田美咲」と自分の名前でエゴサーチをしたのは、平凡さに倦む気持ちがどこかにあったからなのかもしれない。もしかしたら、知らないうちに私も一部ネット上で有名になったりはしていないか、と、期待する部分がなかったとは言いきれない。

だが案の定、「吉田美咲」で検索すると、トップに来たのは私ではなく、同姓同名のモデルさんのＳＮＳだった。あとは企業や大学の紹介ページで、「従業員の声」のような形でどこかの企業に勤める吉田美咲さんやどこかの大学で研究をする吉田美咲さんが、私よりは積極的に自分の言葉で発信していた。私に関わる検索結果はゼロ。当たり前だった。続いて「吉田美咲　画像」で検索するとさっきのモデルさんが大量にヒットし、営業用の笑顔と脚が長くてかっこいい体を発信していた。

まあ、当然そうなるだろう。私は「吉田美咲　動画」で検索してみた。件の吉田美咲さんはレースクイーンやコンパニオンもしているようで、モーターショーの動画がトップでヒットした。私と同じ名前のこの人は、自分を売り出し自分で勝負している。もちろん持って生まれた美貌とそれを磨くたゆまぬ努力と恥じずに人前に出られる勇気があるからだ。関心と羨望と僻み根性の混じった複雑な思いに、私はベッドの上で体の向きを変えながら検索結果をスクロールさせた。

吉田美咲　9/16　19:29　新宿駅構内　(2:51)

スクロールを止めた。タイトル、それに一覧画面に表示されるサムネイル画像からして、明らかにモデルの吉田美咲さん関係でないものが一つ、交じっていた。

その動画が妙に気になった。この動画サイトにおいては特におかしなタイトルではないが、新宿駅構内だという。あんな場所でおおっぴらに撮影して、しかも個人名をつけて動画をアップしているのだろうか。投稿されたのは十分ほど前で、投稿者のＩ

D欄にはなぜか何も表示されておらず、自画像欄に表示されたクママリのアイコンの横、自己紹介文のスペースには一文字も書かれていなかった。

どこの吉田美咲さんだか分からないが、どうやら本人が投稿したのではなさそうだった。ではなぜ「吉田美咲」と他人の名前を挙げ、場所と日時を詳細に書いて特定されるようにしているのか。サムネイル画像には確かに新宿駅構内と思える雑踏が表示されている。私はなんとなく気味の悪さを感じ、動画を再生した。新宿駅は私も通勤で使う。九月十六日、つまり一昨日なら、ちょうどこの時間に通っていたかもしれない。

再生を始めてすぐ、私はベッドから起き上がって携帯の画面に顔を近づけていた。動画は人の顔ぐらいの高さから、新宿駅構内の人混みを映していた。カメラは動かず、通行人たちが、まるで集団行動の訓練でも受けたように綺麗に列を作って流れていく。カメラを気にする人はいない。

そして画面に、白いシャツにロールアップしたパンツ、という恰好の女性が現れた。

「……え？」

思わず画面を叩いて一時停止し、指で慎重に十秒前まで巻き戻して再び再生する。白いシャツの女性。私も同じシャツを持っている。通勤時に着ている。たぶん、この日も。だが。

「……うそ？」

停止させた画像ではやや輪郭がぶれていたが、映っていたのは「私」だった。髪型も服装も、バッグも通勤時の私と同じ女性が映っている。

まさか、と思った。人混みが邪魔な上、むこうに向かって早足で歩いていってしまうため、顔が映るのは一瞬だった。だが斜め後ろからの一瞬でも分かる。私にそっくりだ。

他人の空似だ。そうに決まっている。

新宿駅には毎日、山ほどの人が通る。たまたま私に似た人がいたのだ。だが、それならなぜタイトルに私の名前が入っているのだろう。この人もたまたま「吉田美咲」だったのだろうか。そしてたまたま服もバッグも通勤時の私と全く同じで、たまたま私と同じ日時に新宿駅のここを通った、というのだろうか。そんなことはありえない。

そう考えている間に一昨日の記憶が蘇ってくる。私は確かに帰る時、この服装だった。そしてこのくらいの時間に新宿駅のここを通っている。だとすれば。

吉田美咲　9/16　19:29　新宿駅構内　(2:51)

まるで「観察記録」であるかのようなタイトルの文字が気味悪かった。もちろん

「たまたま」こんな動画が作られるわけがない。つまり。

　これは盗撮だ。誰かが私を勝手に撮って、動画サイトにアップした。

　肖像権侵害云々を怒るより先に、気味悪さを感じた。なぜ私なのか。それもこんな、特に隠す気もないような通勤途中の姿を。不可解さからくる気味悪さだ。誰が、何のためにそんなことをしたのか。しかし投稿者の欄には何も情報がない。ただクママリのアイコンがあるだけだ。視聴回数は「352回」と表示されている。これも妙だった。ついさっきアップされただけの動画にしては、あまりに多くないか。

　そして、コメント欄を表示してみた私はぎょっとした。

Chikao.m（1分前）
クソだな

Tuda Toshiki（1分前）
配慮の欠片も無い馬鹿女

Coda（4分前）
これ暴行罪で通報できるんじゃね？　吉田美咲って名前も分かってるじゃん

高輪すずめ（5分前）

撮られているとは思ってなかったんだろうな。ご愁傷様

直接的で暴力的な罵倒のコメントが続いていた。盗撮してアップした投稿者に対するものかと意を得た気になったのは一瞬で、すぐにこれらのコメントが投稿者ではなく「吉田美咲」に……つまり私に向けられたものであると分かった。どういうことなのだろう。これは盗撮で、私はむしろ被害者なのに。私は急に息苦しくなってきたのを感じながら、動画の続きを再生する。撮られたから馬鹿だと言うのだろうか。まさか、そんな理不尽なことがあるわけがない。

動画では雑踏の撮影が続いている。「私」は撮影者から離れていく。いったいどうやってこんな高画質で盗撮をしたのだろうか。一昨日のあの場所に、撮影をしているようなそぶりの人間などいただろうか。納得のいかなさと不安で、内側から胸を掻きむしられているような不快感を覚える。

そこで突然、怒鳴り声が聞こえた。

――てめえ邪魔なんだよ。トロトロ押してんじゃねえよ。

カメラがズームされ、「私」がアップになる。「私」は、ベビーカーを押した中年の

女性に向かって怒鳴っていた。

——足にぶつかったじゃねえかよ。真ん中歩いてんじゃねえよ。邪魔なんだよ。

中年の女性は俯いて縮こまっている。ベビーカーの中に、まだ小さい赤ちゃんが寝ていた。「私」がその車輪を蹴飛ばす。ベビーカーががくりと揺れる。中年の女性はすみません、すみません、と繰り返して何度も頭を下げている。「私」がそれに怒鳴る。

——痛えだろ。慰謝料払えよ。

「……何、これ」

これは私じゃない。

こんなことを私がするわけがない。これは私ではない。一昨日、こんなことはなかった。新宿駅でベビーカーを押した人など見てもいない。ぶつかられてもいないし、ましてこんなふうに怒鳴るわけがない。前から、駅などでベビーカーを押している人を見て「大変だな」と思っていたのだ。マタニティマークをつけている人がいたらちゃんと座席を譲っている。私は絶対に、こんなことはしない。なぜこんな映像が撮られ、私の名前が「特定」され、動画サイトにアップされているのだろう。

映像の中の声は確かに私の声だった。私は自分の声でひどい罵声が響いているのに耐えられず、画面をタップして一時停止した。閲覧数とコメントがまだ増えていた。

「最低」「自分が結婚できなくて嫉妬だろう」「こうはなりたくない」「死刑でいい」――。

不意に吐き気を感じ、私は携帯を放り出してベッドから飛び降りた。洗面所に飛び込んだが間に合わず、最初の半分くらいはシャツと床にこぼしてしまった。自分でそれを踏んでしまい、足がずるりと滑る。洗面台に飛びついて残りを吐きながら、足の裏にこびりついた嘔吐物の、意外なほどの熱さが気持ち悪かった。

白い洗面台にすがりついて吐き、舌を出して嘔吐する自分の呻き声が耳に響き、誰もいないのに辱められているような感覚になった。涙が出てきて、私は泣きながら、どういうことだ、と繰り返していた。あれは私じゃない。絶対に私じゃない。なのに私だということになっている。どうして。ひどすぎる。私が何をしたというのか。

シャワーを浴びて体を清め、シャツは床を拭いた雑巾と一緒にゴミ袋に入れ、シャンプーの香りの混ざった湯気が洗面所に満ちると、ようやく落ち着いた。清潔な乾いたパジャマに着替え、髪をドライヤーで乾かすと、私は部屋に戻り、ベッドの上に投げ出された携帯を手に取る。とっくにスリープ状態になっており、バッテリー残量が23%になっていたので、充電器に挿してそのまま電源を入れる。動画サイトを表示し、クママリのアイコンを睨みつけた。こいつ、ふざけたことをしやがって。

私の名前が書かれているということは、私を知っている誰かが、人違いに気付かないまま撮影したのかもしれなかった。だが、それにしても本人に何の断りもなくこんな動画を上げたのは立派な名誉毀損罪だ。そして不可解だった。通勤途中の姿を見ただけで私だと分かるほどに親しい人で、こんなことをしそうな人は思い当たらない。それに人違いだというなら、たまたま私と顔がそっくりで、たまたま声もそっくりで、たまたま服装まで一緒だった人が、たまたま私と全く同じタイミングで新宿駅を歩いていたというのだろうか。そしてその女がたまたまひどいことをして、たまたま私のことを知っている人がそれを見かけ、たまたま撮影した、というのだろうか。そしてその人がたまたま本人に確認もせずにアップするような非常識人だったというのだろうか。ありえない。何かおかしい。

むしろ、誰かが意図的にこの映像を作って流したのではないか、という気がした。この動画に映っている女は撮影者がどこかから見つけてきた私のそっくりさんなのだろう。それに私の服装を真似させ、私の通勤ルートを調べてタイトルに書いた。新宿駅構内という場所は偽れないが、日時は嘘を書けばいい。あるいはベビーカーを押す女性も役者かもしれない。だとすれば、相当に手の込んだ嫌がらせだ。

とりあえず削除依頼を出そうと思ったが、それができないことに気付いた。やれば当然、私がこの「吉田美咲」だということを自白する羽目になる。これは私じゃない、そっくりさんだ、と言って、信じてもらえるだろうか。たまたま私に似た人を使って演技をさせた。服が同じなのは私の服装を観察して真似たせいだ。その日のその時間帯、確かに私は新宿駅のそこを通ったが、映っているのは私ではない。誰かが私を陥れるためにやったのだ。そう言われて、サイトの運営者が、たまたまこれを見た友人が、信じるだろうか。信じるわけがない。私だって信じない。ベビーカーを押す女性へのひどい暴力を撮影されていたことに気付いた私が必死で火消しを図っていると、どこからどう見てもそうとしか思えない。

背筋がすっと冷えるのを感じ、冷たさが胸の底に集まってまた吐き気を覚える。駄目なのだ。削除依頼をするには自分の素性を明かさなければならない。削除依頼をしたという事実は、第三者にとっては、この動画が本物であるという証拠に映るだろう。だが動画はこうしている間にも拡散していく。下手をするとネットニュースに載りかねない。もし職場の人が、大学の、地元の友人・知人がこれを見てしまったら。

悪い想像が広がり、私は両腕で自分の肩を抱き、足の指でベッドのシーツを摑んで体の震えを抑えようとした。震えは収まらない。どうか誰も気付きませんようにと、祈るしかなかった。誰も気付かないうちにこの動画が忘れ去られるのを祈るしかない。一ヶ月とか、そのくらい経てば、仮に知人の誰かがこれを見つけても、「私はその日、別の場所にいた」と嘘をついて反論することができる。そうなるまで祈って待つしかない。

だが、そう簡単にはいかなかった。

結局その夜の間に、動画の閲覧数は2200以上にまで伸びた。一時頃には寝てしまったからその後にもっと伸びたのかもしれないが、もう怖くて確認していない。翌日、誰か動画を見た人がいるかもしれないと、私はびくびくしながら出勤したが、誰もいなかったのか、それともすでに知れ渡っているけど私の前では態度に出せないのか、職場の人の反応は特に普段と変わらなかった。私は少しだけ安心し、午後になると仕事に集中する時間もできた。

だが自宅に帰ってすぐに携帯を出した。閲覧数が気になっていたが、帰りの電車内など、ひと目のあるところで動画サイトを確認する気はしなかった。希望的観測を言えば、どこかの誰かが善意で肖像権侵害による削除依頼を出し、動画は消されている可能性もあった。

だが、動画はそのままだった。閲覧数は3177。思ったほど増えてはいないが、「関連動画」の欄で別のものが出現していた。

吉田美咲　9/18　18:04　代々木駅前　(3:09)

そんな馬鹿な、と思った。普段は新宿駅を通っていたが、待ち伏せされている気がして、今日だけは少し遠回りをして歩き、隣の代々木駅から電車に乗ったのだ。それなのに、なぜ。

不意に視線を感じた気がして、私は部屋の窓を振り返る。窓の外は暗く、部屋の電灯が映っているだけだ。私は立ち上がってカーテンを閉めた。もちろん外には何もなかったが、誰かに見られているような気がした。

そして動画を再生してみた。確かにJR代々木駅の入口近くで、今日の退勤時の私と同じ恰好の女が、柱にもたれて缶コーヒーを飲んでいた。それを道の対岸、十メートルほど離れたところから撮っている。この時間の代々木駅は出入りする人の流れで混雑しているが、女の姿はしっかりとらえられていた。前回の動画よりも正面に近いアングルから撮っているから、「吉田美咲」の顔はよく見えた。一度、一時停止して自分の顔と違う部分を探したが、やはりどう見ても私だった。私は代々木駅で缶コーヒーなど買っていない。立ち止まりすらせず、まっすぐ電車に乗ったのに。

動画の「吉田美咲」は一分ほどかけて缶コーヒーを飲み終えると、すっとしゃがみ、空き缶を地面に置いて去っていった。当然のようにそうしたので、その態度に思わず私も「おい」と声が出た。すぐ向こうに自動販売機があり、その横に空き缶入れがあるのに。カメラがズームされ、足下の、残された空き缶を撮っている。放り捨てるのではなく静かに置き、しかも柱にぴったりとくっつけて置いているあたりが「捨ててはいませんよ。置いただけ」という女の身勝手な言い訳を感じさせ、腹が立った。だが。

　動画を巻き戻して見てみる。缶コーヒーを飲んでいる女は、やはりどこからどう見ても「私」だった。ある程度、離れた位置からの撮影だし、顔の造形や髪型や化粧。そういったものが似ているだけならまだ分かるのだ。だが表情や仕草が私そのものだった。人の印象はそういうところで決まるのだ。ここに映っている「吉田美咲」は、両親や一番仲のいい友人ですら、むしろ彼らの方が自信を持って私だと断言するだろう。これは物真似というレベルではない。私を陥れようとしたどこかの誰かがそっくりさんを連れてきて演技をさせている、という私の仮説は、完全に間違いに思えた。これはそっくりさんではない。確かに私だ。

　そんな馬鹿な、と思う。そして今日の自分の行動を振り返ってみる。会社を出てからは、後ろや周囲は警戒しながら歩いた。少し早めに歩き、あえて路地にも入った。代々木駅も職場から近いと言えば近いから、地理はある程度分かっているのだ。そして駅に着いた。駅前の少し広くなっているところでベビーカーを押している女性と行きあい、これに何かしたらまずい、と恐怖を感じて横に動き、近付かないようにして歩いた。立ち止まらずにすぐ構内に入った。むしろ逃げるように急いで。缶コーヒーなど買っていない。まして空き缶を捨ててなど。だからこれは絶対に私ではない。はずなのだ。それとも私の記憶の方がおかしいのだろうか。やはりあれは本当に私で、私の方が、自分に都合の悪い記憶を勝手に改竄(かいざん)しているのだろうか。

そんなことはない、と思うが、確信は持てない。私は多重人格ではないはずだ。記憶喪失になった覚えもない。今日の帰り道の記憶はずっと途切れずに続いている。だがその記憶が間違っているとしたら。そう考え始めると、自分の記憶が信じられなくなった。少なくとも、動画の女が私である、という確信よりはずっとあやふやにしか。

閉めたカーテンを見る。天井の電灯を見上げ、眩しさに目を閉じる。瞼の裏で赤と黒の斑点が移動している。私は、おかしくなったのだろうか。

翌日からは、撮影者に対する怒りや恐怖より、自分がおかしくなっているのではないかという不安の方が大きくなった。私は自分では意識しないままに突然傍若無人に振る舞い、そしてその後で記憶を改竄しているのではないか。もしそうだとしたらいつからだろう。会社の人も、ひょっとしたら大学の友人たちも私のその性質を知っていて、しかし私には言わずに陰で噂しているのだとしたら。私は仕事中も、気がつくと過去の記憶を掘り返していた。あの時、同僚のあの人は私を避けるようだった。あの日、友人のあの人はなぜか私の誘いを断った。そういえば先月も、友人たちが私を誘わずに飲み会をしていた。それまで気にしていなかったことが、すべて私が「実は陰で嫌われている証拠」のような気がした。皆、とっくに私の行動について知っているのではないか。私は例の奇妙な性質のせいでずっと昔から嫌われていて、気付いていないのは私だけだったのではないか。仕事には集中できず、普段なら絶対にやらないような確認漏れや連絡忘れが続いた。親しくしている後輩からは「体調悪いんですか？」と訊かれた。その言葉にも裏がある気がした。実は皆、とっくにあの動画の存在を知っていて、私の様子がおかしいのを見て「ようやくあの動画を見たな」などと頷（うなず）いているのではないか。

そしていったん自分がおかしいのだと考えると、その考えは奇妙なほどの安心を私にもたらした。私がまったく正常で、どこかの誰かに手の込んだ映像で陥れられているより、私が精神に異常を抱え、自分では知らないうちにひどい振る舞いをしてしまっている、という方が、どうしてだか安心できた。きっと私はおかしいのだ。だから私の責任ではない。

家に帰って動画サイトを見ると、その日は新たな動画はなかった。前の二つの動画には「クソ」「ブス」「早く通報しろ」と罵倒のコメントが増え続けていて、私はモデルの吉田美咲さんに申し訳なく思った。一瞬でも同一人物だと誤解されたら、この人の商売はおしまいだ。

その翌日は土曜日だったが、夜になるとやはり動画が増えていた。「吉田美咲 9/20 3:16 洗足池公園」。確かに私はその時間帯、そこにいた。動画の中の「私」は禁止されているのに鳩に餌をやり、それなのに集まってきた鳩を蹴飛ばそうと足を振り上げていた。傍若無人で幼稚な、最低の女がそこにいた。どうやって撮っているのだろうと思った。今日は会社に行っていないのに。それに、どうしてこんなことをするのだろう。私に直接言ってくれればいいのに。いや、私が本当にこんな人間で、しかも自分のそういう行為を「忘れたかのように振る舞っている」なら、こういう形での制裁も当然だろうか。

それでも納得はいかなかった。私には確かに覚えがないのだし、自分では防ぎようがないのだ。これでは誰にどう謝ればいいのかすら分からない。それにやっぱり、まず私本人に直接言ってくれればいいのに、という不満と、本当に私なのか、という疑念があった。

だから、さらにその翌々日の月曜日、「私」が退勤途中に道端にゴミを捨てている動画がアップされると、私は普段使っている動画サイトのアカウントと別のものをもう一つ作り、投稿者にコメントを書いた。

k26wq894（1分前）
これ勝手に撮ってますよね？　肖像権侵害なのでは？　撮影されている本人にはちゃんと伝えたんでしょうか。やめた方がいいと思います。ちょっとひどいです。訴えられますよ。

普段使っているアカウントとは別のものだから、この書き込みが私だということはそう簡単には分からないはずだった。案の定、書き込みをした直後から「クズが何か言ってる」「吉田美咲さんちわっす」「本人火消しに必死だな」と揶揄（やゆ）するコメントが続いたが、こちらのアカウントならいくら叩かれてもいい。訴えられますよ、とつい強い調子で書き込んでしまったが、それで投稿者が投稿をやめて動画を消すか、そうでなくとも何か私に対してアクションを起こしてくれるかもしれない。そうなれば。
そして五分後、投稿者からの反応が画面に現れたことに気付いた時、私は、やった、と思った。だが。

（1分前）
https://www.×××××.com/××××××××××/×××××

投稿者の書き込みはこれだけだった。

とっさに書き込まれたＵＲＬをタップしようとして、私の指が迷った。ウイルスサイトに誘導されるのではないか。たとえば、そもそもこの投稿者は、最終的に私をこのサイトに誘導するために今までの動画を作っていたとか。

私はＵＲＬをタップした。そんなまわりくどい手を使うくらいならもっと簡単なやり方があるはずだし、書き込まれたＵＲＬは見る限り、この動画サイトのものだった。何よりこんな状況のままでいることと比べたら、スマホがウイルスに感染するぐらいどうということはない。感染すれば私は被害者だ。皆の批判も少し緩くなるのではないか。

移動した先にはある動画があった。これまでと同じようなサムネイルで、私は迷わずに再生した。見たことのある街並み、というか、「新宿駅」の表示が映っている。私の通勤路だ。タイトルには「吉田美咲　9/24　8:10　新宿駅西口」と書かれている。すごい人だが、確かに平日朝の新宿駅西口はこんなものだ。どうやって撮っているのか分からない画像で、全くブレがなく、ほぼ成人の目の高さから新宿駅西口広場の雑踏を撮影している。

私はそこで改めて疑問に思った。やはり、この動画はおかしい。

一体どうやって撮ったのだろうか。カメラを構えていたなら周囲の人が少しくらい反応してもよさそうなのに、通り過ぎる無数の通行人は全員カメラを無視している。小型のカメラで隠し撮りをしたのだろうかと思うが、だとしてもカメラを持つ人間は必要なはずだ。通勤時間帯の新宿駅西口。その雑踏の中で流れに乗らずに突っ立っていれば目立つし、ポールか何かを立てておいたとしても、周囲の人は訝(いぶか)しんでカメラの方を見るはずだ。なのに皆、カメラを完全に無視している。ぶつかりそうなコースで歩いてきた人は避けるが、自分が何かを避けたことすら自覚していないように見える。

だが私は、そこでもう一つ気付いた。

吉田美咲　9/24　8:10　新宿駅西口

今日は二十二日。表示されているのは明後日の日付だった。どういうことだろう。投稿者が間違えたのだろうか。

画面の真ん中あたり、人混みの中に埋没して「私」が現れた。私がこの季節にローテーションで着ているうちの一つであるシャツとロングスカートだ。出勤時の私、そのものだった。

私はカメラの左前方あたりを目指してまっすぐに歩いていく。確かに毎日、私はそのコースを通る。そして五メートルくらいまで近付いたところで、私は何かにつまずき、短く声をあげて人混みの中に沈んだ。周囲の人たちが避けたり立ち止まったりし、人の流れが止まる。私はすぐに体を起こし、手前にいたグレーのスーツの男性が手を上げて私に謝罪していた。この人が急に立ち止まるか何かして、私がその踵にかかとにつまずいてしまったらしい。私にはほぼ怪我はなかったようで、バッグを肩にかけ直すと、最初の一歩二歩だけぎこちなかったものの、すぐに歩き出した。手前の男性もさっさと歩いていなくなっている。

……新宿駅西口。やはり覚えがない。あの服装だったのは一週間以上前で、他の動画より昔の映像のはずだ。確かに明日は休みで、明後日の二十四日はあの服装になる可能性はあるのだが、しかし未来の日付だというのはどういうことだろう。

コメント欄には「ざまあ」「もっとやっていいのに」「転ばせるだけじゃ足りないうっかり踏めよ」などとひどいコメントが続いていた。つまり私が転んだのは偶然ではなく、前の男性がわざとやったことであり、書き込みをしている連中は、投稿者が私に対する私的制裁の場面をアップしたと思って喝采を送っているのだ。お前らだってろくでもないじゃないか、と思うが、それでも、私が覚えのない迷惑行為をしている動画ではなかったので、私は安心した。

未来の日付になっていることについては、この時はそれほど意識しなかった。

祝日を挟んだ翌々日、私はいつも通りの時間、いつも通りに出勤していた。空は白い薄雲に覆われ、晴れとも曇りともつかない普通の雰囲気で、祝日明けの新宿駅西口はいつも通りに通勤中の歩行者が溢れていた。新宿駅前の人混みには渋谷の窮屈さも池袋の無秩序さもないが、同じ方向に同じ速度で歩かねばならない無言のルールがあり、自分が自動的に出勤し自動で働く労働機械になったような感覚は他の街より強い。いっそ工場製品のようにベルトコンベヤーで職場まで運んでくれたらいいのにと思う。埒もないそんなことをぼんやり考えながらでも足は職場へ向かっている。何年もの間、毎朝のように同じルートで歩いているから足が道を覚えていて、職場までの歩数すら決まっているのではないかというほど固定化された通勤ルートだ。目を閉じても別に迷わないのではないかと思うし、ゴキブリみたいに頭を潰されても体だけ歩いて職場に向かう気がする。そんなに自動化されているなら通勤は足に任せて頭は何か有意義な思索でもすればいいのだが、私の頭はなぜかそれができず、毎朝、どうでもいいことをぼんやり考えたりどうでもいい曲を脳内でリフレインさせたりしているだけだ。

爪先で前の人の足を蹴飛ばしてしまい、ぼんやりした思考が不意に断ち切られる。前の人が足を下げたまいきなり立ち止まったせいか、私の爪先は強くその踵に追突し、その拍子にヒールがぐらついて足首に短く痛みが走る。あれ、と思う。この場所で前の人の足につまずく。これはどこかで。

前の男性がちらりと振り返り、小さく頭を下げて離れていく。その顔を見た時、私ははっきりと思い出した。

動画の通りだ。新宿駅西口。携帯を出す。八時十分。動画の中の私は「9月24日」の今日、確かにこうしてつまずいていた。

偶然だ、という考えはすぐに消えていた。動画が印象に残っていたせいで無意識のうちに私が自らつまずきにいった、とかではない。相手の男性の顔が動画と全く一緒だったのだ。

地面と、さっき前の男性につまずいた自分の足を見る。

あの動画は未来の私を映していた。


その日は全く仕事が手につかなかった。携帯はロッカーに預けてしまうから退勤時刻まで確認できない。どういうことなのか、と思っても確かめる暇はなかった。「自分」の動画を初めて見せられた時以上の理不尽さだった。やはりあの動画は、本来ありえないものだったのだ。

その一方ではっきり自覚していた。根拠はないがはっきり分かった。あれは見てはいけないものだ。本来、検索に引っかかったりしてはいけないはずのものだ。私はエゴサーチなど、してはならなかったのだ。

退勤後、急いでロッカーに駆け込んで動画サイトを見たが、新たな投稿はなかった。私がつまずく動画はただの過去の記録になっており、コメント欄は相変わらず「行き過ぎた正義感」とやらで盛り上がる屑どもで盛況だった。

その夜も動画の投稿はなく、翌日もなかった。私はそれで少し安心したが、予感していた通り、その程度で終わってはくれなかった。数日後、何の予告もなく次の動画がアップされ、その中で私は、職場近くの路上でフェンスに手をつき、飛び出ていた何かに引っかけるような感じで左手の指を怪我していた。撮影は七、八メートルほど離れたところからだったが、それでも流れた血が赤く見えるほどだったから、それなりに深い傷のようだった。ベッドに座ってそれを見た私は嫌な気分になった。日付は翌日で、時刻は「12:10」、場所は会社近く。いつも通り外でランチをしようと思って出かけたところなのだろう。あの怪我ではもう、のんびり休憩どころではないだろう。明日はどうやら嫌な日になりそうだ。

それを見た私は、台所に行って包丁を出した。簡単でいいから、今から何か作る。外に出なくていいよう、明日の昼食は弁当を持参しよう。そうすれば怪我をしなくて済む。

冷蔵庫に残っている野菜を並べ、卵と一緒に炒めてしまえばいいかと決めてまず玉葱を手に取る。考えようによっては、私は明日起こる危険を事前に知らせてもらっているということになる。この間のようにぼんやりしているから怪我をするのだ。あらかじめ分かっているなら、避ければいいだけではないか。

ひょっとして、と思う。これはあの投稿者が反省したということではないのか。未来の動画がアップされるようになったきっかけは私が抗議のコメントを書き込んだからだ。投稿者はそれで反省し、ありもしない過去を拡散させて私を貶めたお詫びに、未来の危険を教えてくれるようになったのではないか。

玉葱を櫛形切りにしていきながら、私は自分のその考えに全く同意できないでいた。投稿者のことは何も知らないのに、そんな甘いものではない、ということだけは、なぜかはっきり分かっていた。あれは単に、見えてはいけないものだったのだ。お詫びとか反省とか、そういう人間向けの単語は全く的外れの気休めにすぎない。

玉葱の感触が急に硬くなり、包丁の刃がずれて倒れた。ざくりという感触とともに左手に熱い痛みが走る。悲鳴をあげて手を止めると、左手の中指がぱっくりと切れ、みるみる血が噴き出てきた。一拍遅れて「痛い」と言う間に血は溢れ、プラスチックの白いまな板にボタボタとこぼれて驚くほど派手に飛び散った。それを見ると左手の中指がじんじんと痛み始めた。

左手の、指。

右手でぎゅっと摑んで痛みをこらえ、流水で傷口を洗いながら、私は自覚していた。動画と同じだ。いや、動画の私より怪我の程度はひどい。これは、偶然。

……の、はずがない。


どうすればいいのだろう。

暗い部屋でベッドに座り、携帯の画面を見たまま、私は動けなかった。何も考えることができなかった。頭の中は嵐のように混乱しているのに、考えは何一つ形にならない。どうすればいいのだろう。どうすればいいのだろう。かろうじて言葉にできるのはそれだけだった。身震いをするとベッドのシーツが動き、ベッドに立てかけてあった松葉杖がむこう側に倒れた。

動画サイトに私の未来が上げられるようになってから一ヶ月。私はぼろぼろに壊れていた。

左手の指を切る動画が現実となるのを避けようとして同じ場所にもっと大きな怪我をした翌日、私は会社に行った。休むわけにはいかない時期だった。指に巻かれた包帯は同僚を驚かせたが、その日はそれ以上の怪我はしなかった。昼は外に出なかったが、出てもおそらく、しなかっただろう。それははっきりと分かった。もっとひどい目に、もう遭っているのだから。

　つまりそういうことだった。サイトにアップされているのは、私にこれから降りかかる災難を撮影した動画なのだ。

　指の怪我をしてから三日後に新たな動画がアップされて、その動画では、私は近所の児童公園の前を歩いていて、飛んできたサッカーボールを避けようとして側溝にはまり、脚に擦(す)り傷を作っていた。私はそれを見て悩んだ。指の時のように、避けようとするともっとひどい目に遭う。今回は擦り傷程度だから、いいのではないか。

　だがいざその日になり、公園の前まで来ると、やはり躊躇(ちゅうちょ)してしまった。かすり傷程度だと分かっていても、見えている災難に自分から当たりにいくのは嫌だった。迷いながら私は、公園方向を警戒して歩いた。サッカーボールが飛んできて、とっさにそれを避けた。そうしたら、いつの間にか背後に迫っていた自転車にぶつかられ、勢いよく側溝に倒れ込んだ。脚にひどい痛みが走り、変な転び方で側溝に落ちた私は右足首を捻挫していた。自転車に乗っていた人は平謝りで、いろいろと弁償もしてくれたが、私は絶望していた。避けてはいけないのだった。避けると、もっとひどい目に遭う。

　その一週間後、また新たな動画がアップされると、私は覚悟を決めた。動画の中で私は、スマホを見ながら歩いている男に松葉杖を蹴飛ばされて転び、頬に擦り傷を作っていたが、擦り傷程度なら仕方がないと思い、我慢して動画のままに行動した。そして転び、擦り傷を作った。

　動画がアップされるたびに私は傷だらけになっていった。最初は「未来予知」だと思っていたが、普通、こんなに短期間に何度も何度も怪我をするはずがない。この動画は「予知」ではなく「予告」なのだ。

　私は後悔した。動画サイトなど、はじめから無視していればよかった。見た誰かに非難されても、私ではない、としらを切っていればよかった。どうして抗議などしてしまったのだろう。だがいくら後悔しても動画はアップされ、私は怪我をし続けた。捻挫した右の足首。頰の擦り傷は消えたが頭を打って包帯を巻いている。包丁で切った左手の指はなぜか化膿して腫れあがり、治療のために病院に行く途中で小指を突き指した。そしてこの間、車が跳ね飛ばした空き缶が当たって目に怪我をして、今、私の右目は眼帯で塞がっている。それでも動画はアップされる。サイトを見るのをやめようかとも思ったが、新しい動画がアップされていたらと思うとどうしても見てしまう。そして私は動画の中で予告されている事故に遭い続ける。避けるともっとひどい怪我をする。

　そして私は今、暗い部屋で動けない。中指の爪が剥がれたため包帯を巻いている右手で、携帯を見ている。画面には動画サイト。一時停止状態になった画面をスワイプして、動画を最初に戻してまた見る。「吉田美咲　10/29　21:46」。明日の夜だ。

夜の風景。見覚えのある歩道橋の上が映っている。家の近所の、県道を渡るところだ。カメラは地上ではなく、歩道橋の手すりの外から、同じ高さで歩道橋を映している。カメラはその位置でぴたりと動かない。高さ五、六メートルになるはずだが、そういえば、これはどうやって固定しているのだろうか。もしかして、これはカメラではないのだろうか。

やがてカメラが小刻みに振動する。誰かが上ってきたため、歩道橋が揺れているのだ。振動の間隔は緩やかで、歩いてきたのは私なのだった。松葉杖をつき、あちこちに負った怪我でぎこちなくしか動けず、老婆のように背中を丸めて、一歩一歩歩く私が画面の左から現れる。動画に音声はなかったが、私はただ歩くだけでも必死なようで、荒い息遣いと呻き声が聞こえてくるようだった。撮影された私はとても哀れに、ゆっくり歩いて画面の左から右へ移動していく。ばさりと下がった髪の間からちらりと見えた顔は、放心したように無表情だった。

私は画面の右端に消えようとする。その時、突然画面が早いテンポで揺れる。左から黒っぽい服の男が突然走って現れ、後ろから私にぶつかる。私が倒れる。手から離れた松葉杖が一瞬、静止し、それから左側にゆっくり倒れていく。画面が揺れ、柵ごしに、私がうつ伏せになっているのが見える。男が私の背中に何かを打ちつけ、私はのけぞって、おそらく苦痛の声をあげている。男は激しく動いて、手に持った何かで私を殴り続ける。私はそのたびにびくり、びくり、とのけぞり、男が手を止めるとぐったりと動かなくなる。

男は立ち上がり、私の頭の方に回ると、なぜか私の腋の下に手を入れて右側に引きずり始める。私はずるずると移動し、画面の右端から脚が見えているだけになる。男が右側から現れる。男は私の脚の方に回り、肩で激しく息をしながらしばらく私を見下ろすと、手に持った金槌のようなものを確かめ、画面の右に消える。

数秒後、画面が激しく揺れ始める。一定の間隔で、どしん、どしん、と何かを打ちつけるように。それに合わせて、右端に見えている私の脚がびくり、びくり、と跳ね上がる。何度も、何度も。靴が脱げ、投げ出された脚は、私が自分の意思で動かしているのではなく、ただ単に殴られた反動で動いているだけのように見えた。振動は一定のリズムで何度も続く。よく見ると、柵に血が飛び散っているのが見える。

やがて振動が止まる。右端に見えている私の脚は投げ出されたまま動かない。画面が小刻みに揺れ、おそらくは男が歩道橋を下りていったのだろうと分かる。それが収まっても、私の脚は投げ出されたまま動かない。あとはただ、暗い歩道橋の上と、動かない私の脚が、静止画のようにずっと映っているだけだ。

私はぼんやりとそれを見たまま動けない。

明日のこれを避ければ、これよりひどい目に遭う。

動画はまだ続いている。私の脚は投げ出されたままだ。泣きたいような気がしたが、涙は出なかった。どうして私がこんな目に遭うのだろう。私が何をしたというのだろう。そこで気付く。この動画の再生時間がありえないほど長いことに。五分ほど再生したが、スクロールバーはまだ左端ぎりぎりからほとんど動いていない。この動画は何時間、いや十時間以上もあるのだ。

私は画面をタップして一時停止した。画面の右下に動画の総再生時間が表示された。

22:17:50

二十二時間十七分五十秒。

私は部屋の壁掛け時計を見た。現在、二十三時四十一分。

頭の中で計算してみる。「吉田美咲　10/29　21:46」。この動画を最後まで見ると、どうやらこの時間になる。

そういうことか、と、なんとなく意味が分かった気がした。どちらでもよいはずだったが、私は決められなかった。このまま動画を最後まで見続けるか、部屋から出ていくか。

後にそれは

マンションのエレベーターを降りて、静まりかえった外廊下を歩く。コッコッという折り目正しい足音が鳴るが、この時間まで仕事で疲れたのに帰りの電車が混んでいて最後まで座れなかったため、私の心はあと五秒で部屋のベッドに倒れ込まなければ死ぬと叫んでいる。死ぬ、眠い、疲れた、と思いながらようやく自分の部屋のドアの前に辿り着く。だが鞄の中でキーホルダーが引っかかってなかなか鍵が出てこない。最近買ったクママリのキーホルダーは金属部分に出っぱりがあってしばしば鞄の中で何かに引っかかる。買い換えようかといつも思っているのに結局そのままだ。やっと出てきた鍵束から自転車の鍵と実家の鍵をより分けて自室の鍵を選び出し、鍵を開けてノブに手を伸ばす。そこで唐突に、何かを忘れているという感覚を覚えた。私はこのまま部屋に入ってはいけないのではなかったか。

何か忘れている用事があったのだろうかと思い、それからエントランスの集合ポストで自分の部屋の郵便受けを確認していなかったことを思い出した。何か来ているかもしれない。だが急ぎの郵便が来る予定は今のところないし、受け取るのが一日二日遅れた程度で重大なことになるような郵便物などない。明日、帰った時に見ればいいのだ。私はドアを開けて、静まりかえった一人暮らしの部屋に明かりをつける。

違う。このまま帰ってはいけない。ポストを見にいかなければいけないのだ。

頭の中で一瞬そういう考えが浮かび、顔の前を小さな虫が横切った程度の感覚でふっと消える。今のは何だろうな、と心の中でだけ首をかしげ、私は靴を脱いで玄関に上がり、玄関脇の洗面所に入る。やはり何か忘れているのだろうかと思う。「忘れるくらいならたいしたことじゃないんだよ」という意見も聞いたことがあるが現実には大事なことでも人は普通に忘れる。だが今は顔を洗う方が先だった。職場周辺の空気は汚いので、仕事から帰る頃には顔が都市部の空気でざらざらに汚れているような気がする。だからいつも家に着くと真っ先に顔を洗う。透明で消毒された清潔な水道水を勢いよく出して顔を洗い、右目の奥に何かごろごろする感触を覚えて水を止める。

目の中を確認しようとしてはいけない。なぜなら鏡を見ようとして顔を上げると鼻に水が入り、くしゃみをするからだ。

また頭の中に警告が響く。それを無視して目の中に何か入ってしまっているのかを確かめようと顔を上げ、鏡を見ていたら鼻に水が入ってくしゃみをした。くしゃみとともに鼻水が出て、私はティッシュを出して洟(はな)をかみながらタオルで顔を拭く。なるほど、今夜の私は勘がいいようだ。丸めたティッシュを捨てようとしたら洗面台の横に置いてある屑籠はすでに一杯だった。押し込めば捨てられるが自分のものとはいえゴミや使用済みティッシュなどが満載の屑籠に手を突っ込んでゴミを押し込むことになるので一瞬、迷った。

押し込んで捨てなければならない。なぜならここで捨てないと、そのティッシュを部屋の屑籠に捨てることになるからだ。

一瞬そういう考えがよぎったが、別にそれで何が困るということもないのでティッシュは持ったまま部屋に入って明かりをつける。テレビをつける気はしないし本棚の本に割く体力ももうない。着替えてシャワーを浴びなければならないがその気力も残っているか怪しい。とにかくベッドでもう寝たい。するとくしゃみがまた出て、鼻水もまた出た。テレビ台の上のティッシュを出して洟をかみ、もとから持っていたものと重ねて丸める。屑籠に捨てようと思ったが、屑籠よりベッドの方が近いのが、今の私には問題だった。

今、捨てなくてはならない。そのままベッドに寝転んではいけない。屑籠はベッドからだと部屋の反対側になってしまい、遠くて捨てにいくのが億劫になってしまうからだ。

私はフェロモンに釣られる蛾のようにベッドに引き寄せられ、そのままうつ伏せに倒れ込んだ。手に持っていた丸めたティッシュはヘッドレストに置き、たとえようもなく魅力的な、ふわふわの蒲団の中にたっぷり溜められた空気のにおいを嗅ぐ。自分の蒲団のにおいには催眠効果があると思う。たちまち意識のピントが合わなくなり、私は目を閉じたまま眠りに前髪を摑まれてぐい、と引き込まれる。しかし頭の片隅では「洟をかんだティッシュがベッドのヘッドレストに置いたままだ」と考えている。気になる。しかし服を脱ぐことすらすでに億劫だ。少し眠りたい。

そのまま眠らなければならない。ヘッドレストに置いてあるティッシュの屑はそのままにしておかなければならないからだ。

さっきから頭をよぎるこの警告は何なのだろうと思った。虫の知らせにしては続きすぎるしそのわりに内容は意味不明で取るに足らない。確かに子供の頃、こういう感覚に襲われた時期があった。今日は靴を右足から先に履かないと、悪いことが起きる気がする。今日は自販機のところで曲がるのではなく公園の横の道から帰らないと何かが起こる気がする。突然、そんな考えが頭に浮かぶのだ。不安になって警告に従ったこともあったが、あえて警告を無視し、その結果特に何も起こらないということを繰り返していたら、徐々に警告自体が来なくなった。あの頃のあれがまた来たのだろうか。しかし、なぜ今になって突然。

私はヘッドレストに置いてあるティッシュの屑がどうしても気になり、両腕に力を入れて顔を蒲団から引き剥がし、ティッシュの屑を摑んだ。せめて、これぐらいは屑籠に捨ててから寝るべきだ。ほんのひと頑張りだ。私は脚を一本ずつ畳んでベッドの上で膝をつき、体を起こして向きを変える。屑籠は部屋の反対側、クローゼットのドアの前にちょこんと置かれている。距離的には近いがベッドから下りたくない。私は迷った。丸めたティッシュ一つ、投げて屑籠に入れるのはそう難しくない距離なのだ。

投げてはいけない。なぜなら投げそこない、ティッシュは右の方に飛ぶ。そしてそれを回収して屑籠に入れるため、ローテーブルの右側を通ることになるからだ。

私はティッシュを屑籠にむかって投げた。投げそこない、ティッシュは右の方に飛んだ。私は溜め息をついてベッドから下り、ローテーブルの右側を回って落としたティッシュに近付こうとした。そこで足の裏に痛みを感じた。右足を上げると、絨毯の毛足の中に埋もれるように、ネジのような形をしたプラスチックの破片が落ちているのが見えた。何の破片かは分からない。買ってきた菓子か日用品のケース、その一部が取れたのだろう。ゴミだ。私は腰をかがめて拾おうとした。

右手で拾ってはならない。ローテーブルからペンが落ちる。

私は右手でゴミを拾い、服の裾がローテーブルに引っかかりそうになったためふらつき、その拍子に腰をローテーブルにぶつけた。ローテーブルが揺れて、置いてあったペン立てが倒れた。ペン立てから飛び出した水性ペンがローテーブルの上を転がり、ベッドの前にぽとりと落ちた。

ペンを拾うな！

私は再び腰をかがめて水性ペンを拾い、そこでようやく、突然頭をよぎるこの警告の意味を知った。

不可解に思えたこの警告にはちゃんと意味があったのだった。そもそも顔を洗う時に目の中を確認しようとしなければくしゃみが出ず、使ったティッシュを捨てることにもならなかった。洗面所の屑籠に捨てていればベッドのヘッドレストにティッシュを置くこともなかったから、気になってやっぱり捨てようとすることもなかった。捨てようとさえしなければ屑籠に投げ入れるのを失敗し、ローテーブルの右側でゴミを踏むこともなかったし、それを拾い、腰をぶつけてローテーブルの上のペン立てを倒すこともなかった。そして、ペン立てを倒さずに済んでいれば……。

ペン立てを倒さずに済んでいれば、落ちたペンを拾おうとして今のようにかがみ、ベッドの下を見ることもなかった。つまり、ベッドの下に包丁を持った男がいて、こちらをじっと見ているのを見つけることもなかったはずなのだ。

男が這い出してくる。私は驚愕と恐怖で足がすくみ、悲鳴すらあげられなかったが、その一方で頭は回っていた。そうだ。私が出かけている間に家に入り込んでいたこの男は、玄関の鍵を開ける音がしたからベッドの下に隠れたのだ。帰ってきたあの時、警告に従っていれば。もう一度鍵をかけて郵便受けまで戻っていれば、その間にこの男は出ていっていたはずなのに。

ローテーブルの傍らに仰向けに押し倒され、胸と首を包丁で何度も刺されながら、私はこれまで頭に浮かんでいた警告がとても大事なものだったことを理解した。私は苦痛に呻き声をあげる。首筋から噴き出した私の血が目に入り、視界の右上の方が赤くなる。ほんの少しの偶然だったのに。洗面所。ティッシュ。屑籠。どこかでほんの少し違う行動を取っていれば避けられたはずなのに。滅多刺しにされて血まみれになる私の体を見下ろしながら私は思いつく。こんな偶然の死なら、避けてやり直せるのではないか。あの時の私がペンを右手で拾わなければいいだけ。ティッシュの屑をそのままにして寝てしまえばよかっただけ。たったそれだけでこんな目に遭わず、明日からまた平穏な生活が続く。こんなひどい偶然なんて、もう一度やり直しさえすれば避けられるのではないか。もう一度、家に帰ったところからやり直せば。気をつけていれば。強い意志で、家に帰ってきた時の自分に警告すれば、簡単に結果が変わるのではないか。そうだ。警告をしなければ。家に帰ってきた私に教えてあげなければ。そして死んでいる私は容易に時間を超えられる。

私は外廊下を歩く。鞄から鍵を出してドアを開け、静まりかえった一人暮らしの部屋に明かりをつける。

違う。このまま帰ってはいけない。ポストを見にいかなければいけないのだ。

頭の中で一瞬そういう考えが浮かび、顔の前を小さな虫が横切った程度の感覚でふっと消える。今のは何だろうな、と心の中でだけ首をかしげ、私は靴を脱いで玄関に上がり、玄関脇の洗面所に入る。

労働後の子供

私はその日も湯気の中で働いていた。ごぽごぽと大きな泡をたてて沸く大量の湯の中にうどん二玉（大盛り一人前）が踊るうどん用・そば用の茹で釜、小豆色の出汁がぐつぐつ煮えてうまみを凝縮させているつけ汁用の茹で釜、隣で藤田さんがかき揚げを作るフライヤー。それぞれに鰹出汁と油と醬油の香りの混じった湯気を沸き立たせ、私の仕事場はいつも熱気と湿気でけぶっている。狭い厨房で立ちっぱなしな上にこの空気なので、上がって着替えるとシャツにはぐっしょりと汗をかいているのだが、不思議なことに自分にも同僚にも汗臭さを感じたことは一度もない。出汁と醬油の香りは汗臭さを驚くほど消してくれる。

私は今、三つの仕事を同時にこなしている。蕎麦を茹でながらうどんを冷やしながら直前に出来上がった山菜おろしうどん（温）に一食分ずつパックに入った山菜と大根おろしと決まった分量の葱を盛りつけ、追加トッピングの温泉玉子をつるりと載せたところである。この店で働くのは二年目だが立ち食い蕎麦屋自体ではもう三十年近く働いているから、温泉玉子は寸分の狂いもなく山菜の横、トッピング全体として最もバランスよく映える位置に落ちつく。「はい。あたたかい山菜おろしうどんトッピング温玉でーす」語尾のトーンを上げながら素早く、かつ慎重に山菜おろしうどん（温）をカウンターに置く。それと同時に蕎麦の茹であがりをカウントダウンしている。あと七秒。六、五、四。立ち食い蕎麦屋のカウンタースタッフは「簡単な仕事です」と紹介される。つけ汁もほとんどの具もすべて調理済みであり、うどん・そばの本体を茹でてトッピングを載せるだけであり、この店は天麩羅系をその場で揚げるものの、わずかながらでも「調理」の風情があるのはそれだけだ。だが求人広告で躍る「簡単な仕事」の文字は「単純な仕事」の誤植であると思う。両者は大きく違う。単純でも難しい仕事はある。それにうどんも蕎麦も茹で時間は秒単位で決まっており、十秒間違えるともう「いつもの味」でなくなってしまう。駅構内の立ち食い蕎麦屋には何よりもスピードが求められており、注文を受けてから提供までの平均時間は三分三十秒。作り直している暇はなく、盛りつけは一度で決め、盛り直している余裕もない。その一方で、雑になると途端に苦情が来たりする。それはそうだ。自分の頼んだそばだけ汁がこぼれていたり、温泉玉子が潰れていたり、ワカメが極端に少なかったりすれば誰でも不快に思う。たとえ一杯五百円の立ち食い蕎麦屋だとしてもだ。

　長年の勤務経験で私の動きはほぼ完璧に最適化されている。茹で時間だけでなく葱ひとつまみの量、フライヤーから茹で釜までの歩数約０・８５歩、ラックに並ぶ丼の位置も完璧に把握しているので、試したことはないがほぼすべてのメニューを目を閉じて作ることが可能だとすら思う。毎日の入浴で体を洗う動作が自動化されているのと同じである。それゆえ、勤務中は特に頭を使わない。別のことを考えていてすらいつも通りの動きで烏賊天を揚げられるからだ。それなら俳句を詠むなり顔のストレッチをするなり夕飯の献立を考えるなりしていればいいのだが、生憎そこまで複雑なことができるほどには思考に余裕ができない。せいぜい頭に浮かんだ音楽をループ再生で流し続けるだけだ。この選曲も適当であり、完全になんとなく頭に浮かんだものが流れるので特に聴きたい曲を聴けるわけではない。この間などはヨドバシカメラのテーマ曲だった。無駄もいいところだが、そうやって無駄なことをして潰す時間の対価が時給という形で支払われるのだから仕方がない。労働とはそういうものだ。冷やしうどんをざるに盛りひと回しで正確に刻み海苔をかける。茹で釜ではすでに次のかけうどん（大盛り）が茹であがりそうになっている。つゆを添えて冷やしざるうどんをカウンターに置き、注文したのが常連の男性だったことは把握しているので「いつもありがとうございます。お疲れ様です」と笑顔を作る。マニュアルにはないことだが、私はどんなに忙しくてもこの笑顔とひと声を自分に課している。すべてマニュアルが決まっており、いずれロボットで代用されるのではないかという私の仕事だが、この部分だけはロボットでは代替不可能であり、マニュアル外のこの一言は機械化への抵抗。とはいえそんな大それた動機は二割程度であり、実際にはそこだけでも頭を使わないと勤務中ずっと同じ曲が頭の中に流れ続けて気持ち悪くなってくるのである。今し方食べ終わった、これも常連の男性がいつもの通り丁寧に食器を下げてくれる。ありがとうございました、いつもお疲れ様です、と声をかけると男性は疲れた顔で小さく会釈して出ていった。疲れているお客さんは多い。十年前より多くなっていると思う。しかし傍らで蕎麦が茹であがる。一瞬だけ人間らしくなった脳内が再び自動化され、ドン・キホーテのテーマ曲が流れ始める。

職場はＪＲの駅構内にあるが、通勤はＪＲではない。少し離れた同じ駅名の、私鉄の駅まで歩いて移動する。距離的にはそれほど遠くないし、人の流れがある区画なのでコンビニやファストフード店を始め、多くの店が出て商店街のようになっている。駅から駅まではほぼ道なりであるし、歩く人は大部分が駅から駅に向かっているので、それについていけば自然と私鉄駅に辿り着く。遅番の日は夜中になるが、不安を感じたことはなかった。この角を曲がったあとの一区画を除いては。

ＪＲの駅から私鉄駅までの道のりには、一ヶ所だけ暗い区画があるのだった。なぜかそこだけ、ぽっかり穴が空いたように店舗がなく、街路灯の明かりもなく、人通りも減って静かになる。左折して直進して今度は右折するまでの、ほんの二十メートルほどの区画だ。むこう側に何があるのか分からないブロック塀とフェンスに囲まれた暗い区画だが、たったそれだけの距離なら仮に変質者に出くわしても逃げられる気がするし、そもそもこんな短い区画で待ち伏せする変質者もいないだろう。特に不安を感じたことはない。だが。

今夜もいる、と思う。遅番の帰り、夜中にここを通ると必ず立っているのだ。ブロック塀の前に、手ぶらでじっと突っ立っている。そして顔だけを私の方に向け、じっとこちらを見ている十歳くらいの女の子。いつも同じ服で、全く同じ位置に立っている。そして私が前を通り過ぎる間、首をゆっくり巡らせながら私をじっと見ている。通り過ぎて振り返ると、やはりこちらを見ているのだ。

女の子は今夜もいる。こちらを見ている。私が今の職場に移った時からずっといるからもう慣れたのだが、一年以上もずっと同じ服、というのは考えてみればだいぶ異常だ。顔が変わった様子もないし、背が伸びた様子もない。自分の娘を思い出すに、このくらいの頃はぐにぐに背が伸びてすぐ服が小さくなるし、無理に着せていると新しいのが欲しいと文句を言うし、あれが可愛いこれは可愛くない、とうるさいことを言う時期だった。そう。もう一年以上なのだ。いくらなんでもおかしい。

だが女の子は、いつも通りうすく微笑んでじっとこちらを見ている。私はもう一度声をかけてみようとして、やめた。最初の頃、いつもこんな時間に一人で突っ立っているから、心配になって話しかけたのだ。「おうちは?」「お母さんは?」「おなか、空いてないの？」――何を言っても反応がなく、ただ微笑んでいるだけだった。何か障害があって意思疎通ができないのかとも思ったが、私の言葉が聞こえていないふうでもない。何を考えているのかが分からない。こちらをじっと見ているようでもあり、焦点を合わせず私の頭の後ろを透視しているようでもある。かけた言葉には結局何の反応もなく、私は諦めて去り、次からはもう話しかけなかった。虐待や何かの可能性も疑ったが、いつも同じ服ながら服自体は綺麗にしていて皺も染みもないし、体に栄養不足の雰囲気もなければ痣も傷もない。だから「変わった子」なのだ、ということにし、考えるのはやめていた。

私は女の子の前を通る。女の子が私をじっと見ているのが分かる。いつもの習慣で通り過ぎざま手足を観察し、痣や傷がなく、変な痩せ方や病気の兆候がないのをさっと確かめる。そんなものはない、ということを、私は知っている。この子は、何かおかしい。普通ではない。関わらない方がいいものなのかもしれないという予感も、どこかでしている。私は通り過ぎる。

「七人目だよ」

突然声がして、私は驚いて振り返った。女の子が私をじっと見ていた。相変わらずうすく微笑んだまま。

今、確かに聞こえた。この子が言ったのか。

「……今、何か言った？」

私は約一年ぶりに女の子に話しかけていた。「何て言ったの？　七人目？」

女の子は微笑んでいる。「今日で、七人目だよ」

「今日？」私は女の子に詰め寄っていた。「何が七人目なの？　何の話？　あなた、どうしてここにいるの？」

女の子は答えなかった。私は言葉を変えて質問を続けたが、女の子はもう微笑むだけに戻ってしまった。定時にメロディをひと通り流したあとは沈黙してしまう鳩時計のように。もう、いくら問い詰めても何も喋らないだろうということが分かった。

私は女の子を見ながら考えた。喋った。初めてのことだ。だが意味が分からない。私に助けを求めている、というわけでもなさそうだ。「七人目」。

「……何が七人目なの？」

そう訊いたが、やはり返事はない。ただ人形のように、じっとこちらを見て微笑んでいるだけである。私が何かの七人目だというのだろうか。たとえば、自分に話しかけてくれた七人目の人であるとか。だがそれはおかしい。前回話しかけた一年前の時は何の反応もなかった。なぜ今日になって、いきなり「七人目だよ」と言うのか。何が七人目なのだろう。

女の子はそれからどう話しかけても反応はなかった。私は肩に手をかけて軽く揺すってみたりもしたが、それでも反応はなかった。特に痩せた肩でもなく、冷たくもなく、普通の子供の体だった。そのことがひどく嘘くさい。女の子は微笑んでいる。私は思う。これは子供ではない。別の何かだ。私には子供に見えているだけの。

そう気付くと恐ろしくなり、私は踵(きびす)を返して女の子から離れた。あの子は何なのか。「七人目」とは。

角を曲がったところで気付く。「今日で七人目」と言っていた。つまり、今日、何かがあったのだ。何かが六人から七人になったのだ。

立ち止まって首をかしげ、朝からあったことを思い出してみる。朝食。夫を起こす。掃除。出勤。仕事中も、特に何もなかった。あの女の子がここに出るということは、仕事で何かあったということだろうと思うのだが、特に何も。藤田さんと一緒で、常連さんが来て。私や藤田さんには、特に何も変わったことはなかった。となるとお客さんに何か、あったのだろうか。常連さんの中に一人、疲れた顔の人がいたが……。

私はそこで、はっとした。

七人目。

今日で七人目。

私は引き返して角を曲がった。女の子はいなかった。

翌日は早番であり、その翌日は休みだったので、女の子に会う機会はなかった。私はその間、ずっと落ち着かなかった。あれは。あの女の子はこの世のものではない。探し求めたり、意図的に会おうとしていいのだろうか、という気もした。だがなんとしても、もう一度会って問い質(ただ)さなければならなかった。

何が「七人目」なのか。

その翌日は遅番だったが、私はずっと落ち着かなかった。いつもはお客さんの内容など全く気にしないのに、その日は気になって、そうすると仕事の歯車が狂いだし、一つ歯車が狂ってしまうとすべてのペースが乱れて大変だった。蕎麦を茹ですぎ、刻み海苔をぶちまけ、ざるを取り落として一食分のうどんを台無しにして、藤田さんに「今日はどうしたんですか?」と心配される有様だった。私は来るお客さんを見ていた。前回の時、疲れた顔をしていた男性。黒のスーツに紺か臙脂(えんじ)のネクタイで、頭頂部が薄くなったあの男性は来なかった。ここのところ、かなりの頻度で来ていたのに。なぜ来なくなったのか。来る気がなくなったのか、それとも「来られなくなった」のか。

考えないように、とは思っていた。立ち食い蕎麦屋のお客さんは移り変わりが激しい。ある時期、毎日のように来ていた常連さんが、いきなりぱったりと来なくなるのはよくあることだ。転勤や部署異動で生活パターンが変わったとか、周囲に新しくできた別の店に行くようになったとか、単に気分が変わったとか、その程度の理由で来なくなるものだし、一度来なくなった人がまたひょっこり現れることもある。

また来るに決まっている。私はそう思いながら働いた。だが結局その日、あの疲れた顔の常連さんは来なかった。女の子に「今日で七人目」と言われた日を最後に。

女の子の方は相変わらず帰り道の同じ位置に立っていた。私は何が「七人目」なのかを問い質したかったが、自分でも半ば答えの分かっている問いで、結局、やめた。そもそも、明らかにこの世のものではないこの子には、あまり関わらない方がいいのかもしれなかった。私は質問をやめて去った。振り返ると、女の子はやはり首だけこちらを向けていた。

それから何日経っても、常連だったあの男性は来なかった。女の子は変わらずに同じ位置にいた。私はもう女の子に話しかけなかった。何人目だとか、聞くのはごめんだった。帰り道を変えようかとも思ったが、それだとだいぶ遠回りになってしまうし、そこまで意識している、という自分を自覚するのも嫌だった。あの女の子はただの変わった子で、常連さんはたまたま何かの事情で来なくなっただけで、七人目、というのも意味のない口から出まかせなのだ。そう思って考えないようにした。

それでも、とりわけ遅番の時はどうしても思い出してしまった。七人目。

七人目だということは、あの常連さんの他にも、これまで六人いたことになる。ある時期から来なくなった常連さんは他にも一人二人覚えているが、六人もいただろうか。いや、私が今の店に勤め始めてから一年ちょっとで七人というのは多すぎるから、私が勤めを始めてからの合計だろうか。それともここに今の店ができてからの合計だろうか。七人。この間のあの人で七人。不思議なことに、後になるほど顔はしっかり思い出せる。疲れた顔をしていた。ありがとうございました、いつもお疲れ様です、と声をかけると、弱々しく微笑んで出ていった。私があの人を見たのは、あれが最後だ。七人目。これまで六人も、そんな人がいたのか。気付いていなかった。

それからは、私の仕事のペースはしばしば乱れるようになった。疲れた感じのお客さんが来ると、どうしても顔色を窺(うかが)ってしまう。いつも通りに声をかけるが、つい余計に感情がこもってしまい、立ち食い屋のおばさんからそんな風にされたら不気味なのではないかと反省する。だが、落ち着かなかった。七人目。これまで七人も消えていたのだ。私は一人も気付かなかった。だが気付いたとして自分に何ができただろう。ただの店員だ。笑顔でひと声かけるのがせいぜいだし、相手は赤の他人だ。何の義理もない。

それでも気分が悪かった。私は勤めを辞めることを真剣に考え始めた。最近は気苦労のせいで疲れが溜まっているのだ。もともと金銭的には辞めてもなんとかなる。腰も痛くなってきた。勤めを続ければ、いつまた女の子に言われるか分からない。「今日で八人目」だと。遅番のたびにそれを恐れなくてはならないのか。

余計なことを考えながらフライヤーを扱っていたせいで、天麩羅油が撥ねて二の腕に痛みが走った。私は軽く悲鳴をあげてしまい、ちょっとどうしたの、と心配する藤田さんとお客さんに「大丈夫です。失礼いたしました」と謝り、仕事に戻った。火傷しているらしい二の腕の痛みと、ちゅくちゅくと弾けているフライヤーの天麩羅油を見て、私は思った。

八人目が私自身ではない、という保証はない。

そして、恐れていた日がやってきた。

いつも通りの遅番の日だった。電車の遅延があったらしく、昼頃の混み方がいつもと違ったのと、急いでいるお客さんが多かったくらいの、普通の日だった。私はいつも通りに働いていたが、夜の九時前に、疲れた顔の男性が一人でゆっくりと入ってきた。男性は注文をなかなか決められないようで、券売機の前で長々と立ち尽くし、ようやく選んだと思ったら普通のかけそば（温）だった。男性はかけそばを受け取ってもなかなか食べる気にならないらしく、時折溜め息をつきながら、割り箸を割ったましばらく動かず、ようやくもそもそと食べ始めた。途中で何度も箸を止め、何もないところをじっと見て動かなくなった。その間に後から来たお客さんが一人去り、二人去り、閉店前に駆け込んできた男性が盛大に天麩羅うどん・カレーセットを頼み、小気味よく「閉店前にごめんね！　ごっそさん！」と言って出ていくと、その男性はようやく閉店だということに気付いたらしく顔を上げ、もうとっくに冷めているだろう蕎麦の残りをすすって、無言で会釈をして丼を返しにきた。受け取ったのは藤田さんだったが、私はカウンターの中から声をかけた。

「ありがとうございました。お疲れですね。無理されないでくださいね」

男性は驚いたように一瞬、目を見開き、小さく会釈をすると、俯いたまま出ていった。

七人目の男性と共通点があった。とても疲れて、絶望した顔をしていた。


その日だけは、別の道を通って帰ろうと思った。だが足は自然といつもの道に向かってしまった。今夜だけ避けても、女の子はいつもいるのだ。何も言われなければすっきりするし、嫌な結果なら早く知った方がましだった。私は角を曲がり、暗い区画に入った。やはり女の子がいて、あらかじめ私が曲がってくるのを分かっていたかのように、最初からこちらを向いていた。

私は息を止めて、その前を通り過ぎようとした。

「八人目だよ」

想像していたこととはいえ、他人の声で言われるとぞっとした。私は立ち止まって女の子を見た。

女の子は微笑んでいる。「今日で八人目だよ」

その顔を見て、私は全身が強張りながら脱力するような、どうしようもない感覚に襲われた。「……あの最後の人なの？」

そう訊くと、女の子は微笑んだまま答えた。「そうだよ」

「あのねえ」私は思わず、女の子に詰め寄っていた。「そういうの、やめてくれない？　だったら何？　どうしろって言うの？　そりゃあね、確かに私だってなんとかしてあげたいと思うわよ。八人も。だけどどうしろって言うの？　見ず知らずの人が自殺しそうだろうが何だろうが、私に何ができるって言うの？　なんで私なんかに言うの？　私は関係ないでしょう」

「ちがうよ」

女の子は微笑んだまま答えた。

「関係、あるよ」

※

川上浩介（かわかみこうすけ）は主にオフィス用の什器類（じゅうき）を取り扱う商社に勤めていた。入社時は総務部だったが、会社が合併で事実上別会社に吸収された際、総務部の四分の一程度が営業部に配置転換になった。川上は全く勝手の分からない営業の仕事についていこうと必死だったが、十年、二十年のキャリアを持つ周囲の生え抜き営業部員との差は埋まらず、業績はいつも最下位周辺だった。最下位周辺は、川上と同じように総務部から移されてきた仲間たちで占められており、彼らは一人また一人と辞めていったが、配置転換組の中で最も年齢が高い上に既婚者である川上は、転職の目処が立たないままでは辞められなかった。川上のいた営業二課の課長は「厳しい」と社内でも有名な人間で、鬼とかスパルタとかいった評判が以前からあったが、実際は厳しいのではなく、いわゆるパワハラ上司だった。新人でありながら最も年齢が高く、また風采のあがらない川上はこの課長に目をつけられ、「営業は盗んで覚えろ」という課長の「教育方針」の下、何も教えられないまま右往左往させられた。業績があがらないのはそのためだったが、課長は成績の低い川上をことあるごとに罵り、馬鹿にし、「ブタ」「ハゲ」「無能」と暴言をぶつけていじめ抜いた。どう見ても達成不可能なノルマが毎月課され、未達成だと皆の前で罵られる、ということが繰り返された。客観的に見ればそれは川上を辞めさせるという目的もあってのいじめであり、そもそも配置転換自体が対象者を「とりあえず使い倒していずれ辞めさせる」ためのものであったのだが、根が真面目な川上は自分が成績をあげられないのだから仕方がないと思い詰め、自分を価値のない無能者だと思い込むようになった。遠い地区の担当に回されたため、帰宅も遅くなった。家に帰ると子供はもちろん妻も大抵寝ていて、ぐずぐずしていると自分の睡眠時間もどんどん削られていくので、なんとか意識を保ってシャワーを浴び、蒲団に潜り込むので精一杯の日が続いた。疲れているのになかなか寝付けず、よく悪夢を見て目が覚め、睡眠不足のまま出勤することが多かった。

その月は成績が特にひどかった。もともと顧客の判断が厳しくなる時期であり、どの課員も苦労はしていたのだが、月末の段階で川上はノルマの二割もこなせず、他の課員から大きく差をつけられていた。加えて最近は課長の虫の居所が悪い日が多く、月末には相当にひどい言葉で罵られることが避けられないように思えた。川上は、どうして自分はこんな苦しい思いまでして生きているのだろう、と思った。どうせ自分は無能で無価値で、月末になればまたあの罵倒に……女性も若い者もいる前で罵られ続け、哀れみの視線を集めながら自己批判を強要される恥辱に耐えねばならない。今からではどうやってもそれは避けられそうにない。仮にその地獄をなんとか乗り切ったとしても、その先には充実も休息もなく、どうせ一ヶ月後にはまた同じ目に遭う。川上は楽になりたかった。なぜわざわざ苦しむために会社に行き、苦しむために生きなければならないのかと思った。外回り中、乗るべき電車に乗れないことが増えた。乗ろうとしても足が前に出ず、ホームに突っ立ったままになってしまう。電車は魅力的だった。飛び込めば一瞬で楽に死ねると知っていた。あと三歩。前に飛び込むだけで楽になれる。

その夜、疲れ切った川上は、今日は帰るのをやめよう、と考えていた。明日は地獄の月末会議だ。もう限界だった。どこかの電車に飛び込んで終わりにしよう、と思った。痛いのは一瞬だろう。毎日の苦痛に比べればなんということはない。川上は退勤後、どの駅で飛び込もうか迷っていた。しかし迷っているうちに腹が減ってきたので、駅にあった立ち食い蕎麦屋で何か食べることにした。空腹感はあったのに食欲はなく、かけそばをもぞもぞとすすりこむのがやっとだった。これが最後の食事だと思ったが、特に感慨はなかった。それよりもそろそろ閉店らしく、さっさと食べて出ていかなくてはならなかった。もう、すべてがどうでもいい。さっさと楽になろうと思った。

だが食べ終わって器を返すと、なぜか受け取った店員とは別の店員が、笑顔で声をかけてきた。

「ありがとうございました。お疲れですね。無理されないでくださいね」

いきなりそう言われたので、川上は会釈を返すのが精一杯だった。声をかけてきた六十歳くらいの女性店員は会釈して奥に入ってしまい、川上は俯いたまま店を出た。

――ありがとうございました。お疲れですね。無理されないでくださいね。

心のこもった言い方だった。マニュアルではなく、本心から言われたようだった。

川上は胸のあたりから何かがこみ上げてくる感覚を覚え、始め、それが何なのか分からず、とにかくまずいと思ってトイレに駆け込んだ。個室に入り、便器に座って頭を抱えた。

ありがとうございました。

お疲れですね。

無理されないでくださいね。

言われた言葉を反芻（はんすう）する。いきなり言われた。こんなことを言われるのは何年ぶりだろうか。誰かから感謝された記憶など、もうずっとなかった。無能。給料泥棒。迷惑ばかりかけやがって――ずっと怒られてばかりだった。

――ありがとうございました。

感謝された。たとえどんなわずかでも、自分のことをありがたいと思ってくれる人間がいるらしい。

――お疲れですね。

そうなのだ。自分は疲れている。だが弱音を吐くことは許されなかった。まわりはもっと疲れている。最下位のくせに疲れているとは何事だ。お前は甘ったれだといつも言われていた。妻にも相談する余裕などなかったし、そもそもここしばらくは会話らしい会話をしていなかった。そうだ。俺は疲れているのだ。誰も分かってくれなかった。

——無理されないでくださいね。

気遣ってくれているのだ。なんと優しい言葉だろう。確かに俺は無理をしてきた。ずっとし続けていた。大変だったのだ。初めて分かってもらえた。

呻き声のようなものが聞こえ、川上は自分が嗚咽を漏らしているのだと気付いた。こらえなくては、と思うのだが止められない。もっと大声で泣きたかった。俺は辛かったのだ。ずっと辛かったのだ。あまり泣きわめいて人が集まってきたら困る、と一瞬思ったが、それでもいい、という気になっていた。どうせ死ぬつもりだったのだ。俺がどれだけ辛かったか、集まった人たちにぶちまけてしまいたい。課長は糞だ。会社も糞だ。俺はひどい目に遭っているのだ。人生で一度くらい、周囲に迷惑をかけて滅茶苦茶をやってもいいだろう。まわりに甘えてもいいだろう。

ひと通り泣いた川上は、自殺相談ダイヤルというものの存在を思い出した。そして、今の自分はまさにそういうものが必要な状態なのではないかと思った。電話をかけると、何でも愚痴を聞いてくれるらしい。集まってきた通行人に愚痴をぶちまけたら社会的地位が終わるが、このダイヤルなら大丈夫ではないか。

携帯を出した。聞いてもらう。迷惑だろうが知ったことか。俺は辛かったのだ。あの店員の女性のように、分かってくれる人がいるかもしれない。心配してもらえるかもしれない。

電話がつながった。川上は自分の不満をありったけぶちまけた。そうしながら、「あの立ち食い蕎麦屋の店員」を思い出していた。あの店員に助けられたな、と思った。

川上は翌日から休職し、二度と会社に行かなかった。医師からはうつ病と認定され、その後は転職活動をしながら、労災認定を受けるため元の会社と戦うことになる。

※

「八人目だよ」女の子は言った。「あなたが声をかけたおかげで、死ぬのをやめた人は」

話が意外な方向に展開し、私は困惑した。七人目とか八人目とかいうのは、死んだ人数ではなかったのか。

「どういうこと？　あの人は死んだんじゃないの？」

女の子はうすく微笑んだまま言った。

「死のうとしてたんだよ。だけど、あなたが命を助けたんだよ」

女の子は話し始めた。

※

佐久間隆二は教員だった。新任の今年から担任を任され、それが極めて問題の多い、荒れたクラスだった。校長は「若くて押しの強そうな男性が厳しく接すれば、子供たちもおとなしくなるのではないかと考えた」と説明したが、実際には手に余る生徒たちを一ヶ所に集めて新人に押しつけたに過ぎなかった。若くて体育会系の佐久間はそれ以外の場面でも「重宝」され、陸上部の顧問を任され、事務作業ではパソコンを使うものがすべて回ってくるようになった。「若い人なら分かるでしょ」と言われたが、他の者は今時パソコンも使えないのかと呆れているうちに、どんどん事務作業が増えた。それをしながら慣れない授業案を作った。部活動の指導で土日はすべて潰れ、長期休暇も研修と部活動でなくなった。朝練のために早起きし、日が落ちるまで部活動の指導をし、夜に残業をして明日の準備をし、事務作業の残りは、いけないと分かっていても家に持ち帰って続けた。ゆっくり夕食を食べる暇がなく、持ち帰った仕事をしながらテーブルに突っ伏して寝てしまう日が続いた。その翌日でも、生徒の前では気を張っていなければならなかった。佐久間は徐々に笑わなくなり、仕事でも単純なミスを繰り返すようになり、突然動きを止めてぼうっとしていることが増えた。仕事は終わらなかった。どんなに頑張っても、頑張れば頑張るほど増えていった。次に自分はいつ休めるのだろうと思ったが、休日には部活動があり、それが終わったら翌日の準備をしなければならなかった。次の休みは少なくとも一ヶ月後まではなかった。

一ヶ月後のその日まで頑張ったとしても、一日寝たらそれで終わりで、また次の休日まで、一から走り直さなければならない。それを自覚した時、佐久間の中で緊張の糸がぷつりと切れた。もう無理だ、と思い、今日中にしなければならない作業があるのに、放ったまま学校を出た。駅で電車を見て、そうだあれに飛び込もう、飛び込めば楽になれる、と思った。しかしそのまま死ぬのはあまりにつまらないので、せめて飯を食おうと思った。最近、よく行っている駅の中の立ち食い蕎麦屋だった。夕食を最短で済ませるためにはここしかなかったのだ。

だがその日、店員の女性に声をかけられた。

——ありがとうございます。いつもお疲れ様です。

上司も同僚も保護者も、誰もかけてくれなかった言葉だった。佐久間は脱力し、駅のベンチにだらりと横になって一時間半眠った。そして翌日、学校には行かず、電話で休職を申し出た。

※

後藤祥一(ごとうしょういち)は無職だった。五十代の頃に病気をして仕事を辞め、その歳では新たに定職に就くこともできず、日雇いやアルバイトで食いつないできたが、七十になった今、それも難しくなった。生活費がなくなり、消費者金融で借金をし、その利息でたちまち行き詰まった。明日が返済期限で、金は全くない。電車にでも飛び込んで死ぬしかないと思ったが、最後に好きなカレーをもう一度食べようと思って立ち食い蕎麦屋に入った。食べ終わって食器を戻すと、そこで思いがけなく声をかけられた。

――丁寧にありがとうございます。

ありがとう、などという言葉を他人からかけられたのは久しぶりだった。やはりまだ死にたくない、と思い、そういえば生活保護というやつがあったな、と思い出した。この際、頼れるなら何でもいい。どこに電話すればいいのだろうか。市役所だろうか。後藤は考えながら駅を後にした。

※

神谷大翔（かみやひろと）は高校生だった。学校でいじめられていた。何も悪いことをしていない自分を寄ってたかっていたぶり、それを遊びだと思っているクズ共が憎くて仕方がなかった。だが腕力では敵わず、殴りかかればますます怪我をさせられ、翌日からさらにひどくいじめられることが明らかだった。復讐の方法は死しかなかった。いじめている連中の実名をはっきり書き、自分がこれまでどれだけ苦しめられてきたか、どれだけ奴らが憎いかを書いた手紙をポケットに入れ、電車に飛び込むつもりだった。だが死ぬ前にせめて、自分の死がニュースになれば、奴らを破滅させられると思っていた。

好きなうどんでも食べようと思って入った立ち食い蕎麦屋で声をかけられた。

——ありがとうございました。またどうぞお越しくださいませ。

店員のおばさんはマニュアルではなく心から言っているように聞こえた。そんな優しい言葉をかけられたのは久しぶりのことだった。「また」はない。そのつもりだったが、どうしようかと思った。なにも死んで自爆しなくても、生きたままポケットの手紙を公開すれば、奴らが破滅する様を眺めることができるのではないか。

その思いつきの方が魅力的に見え、神谷は家に帰ることにした。

※

女の子はうすく微笑んだまま、ゆっくりと話した。「……みんな、助かったの。今日で八人目だよ」

「それが……」私は信じられなかった。「……その『店員』が、私？」

「そうだよ」女の子は言った。「八人目だよ。あなたが命を助けた人は」

女の子の微笑みはそれまでと全く変わらなかったが、急に温かみが増した気がした。

私は彼女の言葉を反芻した。命を、助けた。私が。

私は医者でも看護師でもない。子供の頃、「お医者様」に憧れた時期はあった。だがそれだけだ。何のとりえもないこの自分が、他人の命を左右する場面に出くわすなど思ってもみなかった。娘たちを無事に育てあげたのが、平凡な自分にできた唯一の功績だと思っていた。それが。

「私が……」私が、助けた。八人もの命を。

「わたし、知ってるの」女の子は言った。「あなたが声をかけたから、みんな死ぬのをやめたの。お蕎麦屋さんにいたのがもしあなたじゃなくて、何も声をかけなかったら、みんな死んでいたの」

「……でも、私は」俯く。暗がりの中でいつもの靴の爪先が見える。「そんなつもりは。ただ、なんとなく……ただ仕事をするよりは、声をかけようと」

「そのおかげだね」女の子は微笑んだ。「自分じゃ気付いていないけど、あなたは八人の命を助けた、天使なの」

そんな大げさな、という言葉が出かかった。私はただ仕事をしていただけだ。それなのに、そんな大層な言葉が私に贈られていいのか。

女の子は言った。

「ありがとう」

急に顔が熱くなり、気がつくと涙がこぼれていた。ただ真面目に働いていただけなのに、そんな言葉をかけてもらえるなんて。この私に、私ごときに、人の命を救うことができたなんて。

私は泣いた。膝に力が入らなくなり、その場にくずおれて顔を覆った。
女の子は言った。「ありがとう。天使様」
涙で何も見えない。気付いていなかった。私は天使だった。立ち食い蕎麦屋の天使。

口は動いていない

おかえり。こんな夜中にどこに行くのだろうと心配になったけど、近くのコンビニでアイスを買ってきただけなんだね。うん。よく知っているよ。君は夜中に時々、無性にアイスが食べたくなるんだよね。そして悩んだ末、いつも「今日くらいは」と言って買いに出てしまう。いいんだよ。そんな顔もかわいいから。

買ってきたのはチョコミントだね。君はチョコミントが大好き。それからコンビニでスプーンをつけてもらうのを断り、必ずうちのスプーンで食べる。お気に入りのアレッシィのスプーン、ずっと使っているね。君がこの部屋に引っ越してきた時からずっと。

誘惑に負けて買ってきてしまったチョコミントアイスを、君はいつもの位置に座って、足を投げ出して食べる。ローテーブルのこちら側。テレビの向かい。テレビのスイッチを入れる時、君は時々言う。「もっと高いテレビ台、買おうかなあ」。そう。その位置からだと、少し背筋を伸ばさないと画面が見えにくいんだよね。

テレビをつけている時、君はいつもぼうっとしている。時々、スマホを出して操作する時もその顔のままだ。おや、ＳＮＳに着信があったね。でも、表情がそのままだ。適当に返信してすぐにスマホをしまったということは、そんなにたいした内容じゃなかったんだろう。君が今、見ているドラマの方が大事なくらい。

　テレビの声が大きくなったね。何か、激しいシーンなのかな。僕の位置からでは、テレビの画面は見えない。だから君が何を見て笑ったり、驚いたりしているのか分からないんだ。それはちょっと残念。だけど、かまわないよ。君の顔が見えるから。君はとてもかわいいよ。笑うと右に小さなえくぼができる。疲れてくると、頬ににきびができやすいんだよね。ぼうっとしていると、そのにきびをつい指で触ってしまって、あ、いけない、という顔をする。そのくらい、いいさ。

　だけど、暑い日に着る、部屋着のあのTシャツはよくないよ。もともと大きいのに、もう伸びてしまってだぶだぶだから、あれ一枚の時に無防備に屈んだりすると、襟元から胸がまる見えになってしまう。あのTシャツは、外に着ていってはいけないよ。

　ああ、うとうとしているね。このままずっと君を見ていたいけど、今夜はもう、ベッドに行ったらどうかな。ちゃんと歯をみがいて、目覚まし時計をセットするんだよ。

　おはよう。今朝はよく眠っていたね。もう十一時七分だよ。でも、いいさ。今日は土曜日だし、ベッドの中の君を眺めるのが、僕はとても好きなんだ。他の誰にも見せない、無防備な寝顔。君はいつも、枕を抱きしめる姿勢で寝ているよね。幼く見えるけど、僕はそこがかわいいと思うな。

気付いていないと思うけど、朝方、君は寝言を言っていたよ。僕の位置からでは目覚まし時計は見えないけど、四時半頃だったと思う。きのしたさん、って聞こえたけど、初めて聞く名前だね。君のスマホの画面にも、手帳のページでも、きのしたさん、っていう名前は見たことがないね。新しいお友達かな？　どんな人なのかは、君がこの部屋で携帯を使うのを見ていれば、そのうち分かってくるだろう。

おやおや、大きな欠伸（あくび）だね。無邪気な顔はかわいいけれど、上を向いてそんなに大きく口を開けたら、口の中が見えてしまうよ。綺麗に並んだ白い歯も、先端が尖ってちろちろ動く舌も、口の中が、奥の方まで全部。外で欠伸が出そうになったら、ちゃんと手で口を隠さないといけないよ。

ようやく目覚まし時計を見たね。今日はいつもの土曜日より、少し起きるのが遅め。今日の予定はどうかな？　目をこすりながら、寝すぎてちょっと損した、と思っているのかな。

おはよう。いいや、この時間だともう「こんにちは」だね。今日はよく寝ていたのかな。朝、パジャマのままトイレに入ったよね。あれが十一時十分頃。あの時、起きたばかりだったのかな。でも今日は、予定があるんじゃなかったかな。遅刻はしない？

でも、仕方がないよね。昨日の君は、帰ってくるのがとても遅かった。友達と食事をしていたのかな。少しお酒を飲んでいたね。足取りが危なっかしくて、手を貸してあげられたら、と何度も思ったよ。ほら、君が昨日履いていた靴、別々の向きに脱いであるだろう？　いつもの君は、脱いだ靴はきちんと揃えるもんね。

今日はどの靴にするのかな。上の段にしまってあるあの靴はかわいいけど、今日の服には合わないかな。君は今日、とても綺麗だね。身だしなみに時間をかけたのが、僕の位置からでもよく分かるよ。

君が靴を履く時の仕草が、僕はとても好きなんだ。腰を屈めて、片方の足を出す。君の足の形も、僕はとても好きだよ。屈む時に髪をかき上げる仕草もね。

行ってらっしゃい。あまり遅くならないようにね。家のまわりは暗いだろう？　おかしな人が出るかもしれないからね。

おかえりなさい。えらいね。そんなに遅くならないうちに、ちゃんと帰ってきてくれた。君がいない間、僕は君の靴を眺めている。その靴に収まる君の足や、靴を履く時の君の仕草を思い出している。だから寂しくはないけど、やっぱりこの瞬間が、僕は大好きだよ。君がドアを開けて、玄関に現れる瞬間が。誰もいないのに、ちゃんと小さな声で「ただいま」と言うのも、大好きだよ。

だけど。

どうして今夜は、別の人間が一緒に入ってきたのかな。それも、男じゃないか。どうしてその男は玄関で帰らずに、当たり前のような顔をして、君と僕の家に上がりこんでいるのかな。それは、よくないよ。君は気付いていないのかな。その男は、よくない。今が何時なのか、分かっているのかな。君が家に帰ってきて、これからは、僕と君だけの時間のはずだよね。どうして君は、この男を家に上げているんだい。それは、よくないよ。

ねえ。聞こえているのかな。その男は、よくないよ。

おかえりなさい。やっぱり、今日の服は綺麗だね。

だけど、今日の君は少しおかしいね。どうしてすぐに出ていってしまうのかな。いつもなら、すぐに服を脱いで、ここで部屋着に着替えるよね。君がほっとした顔で、よそ行きの服を脱いで、無防備な姿になるあの瞬間が、僕は一日のうちで一番好きなのに。今日は、むこうの部屋で着替えるのかい。

だけど、おかしいね。他の人間の声がしている。どうしてこんな時間に、この家に他の人間がいるのかな。男の声だね。とても頭の悪そうな声だ。どうしてこの部屋に入ってくるのかな。ここは君と僕だけの部屋だ。君がいつも寝ているベッドがあるし、君のにおいが濃密に充満している。こんな場所に、どうしてこの男は入ってくるのかな。そう。そんな男は追い出さなきゃ駄目だよね。

本当に頭の悪そうな顔をした男だったね。その男は、よくないよ。聞こえているのかな。その男は、よくない。

どうしてこの男は、僕と君だけのこの空間に入ってきているのかな。足音がうるさいね。下品な足音だ。君と僕がゆっくり静かに過ごすためのこの部屋なのに、今日はとてもうるさい。それに、変なにおいがするね。その男が、外から汚い空気を連れてきたんだ。君は分かっているのかな。この大切な空間が今、その男に踏みにじられているんだよ。なのに君は、どうしてその男に笑顔を見せているのかな。

とても図々しい男だね。どうして僕の前に座るのだろう。邪魔で君が見えないよ。部屋の中をじろじろ見回している。君はこの男を、今すぐ追い出すべきだと思うよ。排除するべきだ。

ほら、もう自分の部屋のように振る舞いだしたよ。テレビの音量を上げすぎだ。

うるさいことといったらない。ねえ、その男はよくないよ。聞こえているのかな。その男は、よくない。

なのに君はどうして笑顔なのかな。早く追い出さないと。いいや、追い出すだけだとまた来るかもしれないね。ちゃんと排除しないといけない。

うん。排除しようね。


「……ごめんね。いきなりトイレ借りちゃって」

「いいよ。使いにくくなかった？　うち、水回りが狭いから」

「大丈夫。あ、でも、トイレのぬいぐるみにちょっとびっくりした。近くて」

「ああ。あれ？　他に置く場所がなくて。ちょっとかわいそうなんだけど、もう他の場所はほら、こうだから」

「確かに、ほんとにぬいぐるみ多いね。うーん……」

「あ、ぬいぐるみ嫌い？」

「いや、嫌いじゃないけど。これだけいると、なんかすごいプレッシャーが」

「かわいくない？」

「かわいいけど、なんかすごい、まわりじゅうから見られてる気がする。トイレもそうだったし、玄関のもこっち向いてたよね？　さっきちらっと見た、ベッドのところのも」

「まあ、言われてみれば確かに、こっちをじっと見てる恰好にはなるよね。夜、暗闇で目が合うと、見てるんじゃないかって思ったりする」

「人形とかも、時々そんなふうに見える時、あるよね。この部屋も、ほら、そこのとか、すごいこっち見てる気がする」

「これ？　クママリって確かにそういうデザインだよね」

「いや、クママリの隣の。なんか睨まれてる気が。ぬいぐるみとか人形って、時々こっち見てるように思えない？」

「思える。喋らないから気付かないだけで、意外とみんな、見てるのかもね」

「怖いな。あははは」

その男はよくないね。排除しようね。今夜。

その男はよくないね。きっと、他の部屋のみんなもそう思っているんじゃないかな。排除しようね。今夜。

その男はよくないね。きっと、君によくないことをする。排除しようね。今夜。

大丈夫。みんなで一斉にやるから。簡単に終わるよ。

不格好な雪だるま

朝、お母さんに言われてカーテンを開けると、ベランダの外が真っ白になっていた。思わず、歓声をあげて窓を開け放した。ひゅっと冷たい空気が入ってきて顔と襟元を冷やす。パジャマのままでは風邪をひくかもしれなかったけれど、それでもよかった。一面の雪景色。屋根も木も道も車も同じ色。いつもの部屋でひと晩寝て起きただけなのに、まるで初めて見る別世界に飛ばされて、何もかも新しくスタートするみたいな感じ。雪は好きだし雪景色も好き。そして一番好きなのは朝こうして、夜の間に静かに一変した世界がぱっと視界に広がるこの瞬間だ。

空は青く晴れていて、空気はつんと冷たい。天気予報では「積もるでしょう」と言っていたし、お母さんも「朝になったら積もってるかもね」と言っていたから、期待はしていた。でも今朝の積もり方は期待以上だった。三十センチ、いや、場所によってはもっと積もっている。雪合戦は余裕。雪だるまも作れる。かまくらは？　場所によっては作れるかもしれない。二時間目のあとの二十分休みまで溶けずにいてくれるだろうか。だいぶ減ってしまうのだろうか。外のどこかで小さい子たちが遊んでいる。キャッキャッという声が聞こえてくる。飛び出していって混ざりたい気持ちを抑えて部屋の窓を閉めた。

二月九日夕方、市内の警察署に通報。通報したのは市内に住む峰尾佐奈恵さん（四一）。小学校二年生になる八歳の娘、花梨さんが帰ってこないという。キッズケータイは持たせていたが、電話もつながらず、緊急通報機能も作動していないという。夜十時を過ぎた時点で佐奈恵さんから再び相談があり、警察は事件に巻き込まれた可能性があるとして捜索を開始した。

久しぶりに出す長靴に足をすぽんと突っ込む。コートに帽子にマフラーの完全装備。雪で遊ぶ時はどうせ取るからいらないと思ったけど、お母さんに言われて手袋もした。玄関のドアを開けると、ピカッと眩しい光が顔に当たる。冬の朝はいつも眩しいけど今日は特に明るい。ドアを閉めて即、手袋を外しながら、そうか太陽の光が白い雪に反射するから眩しいんだ、と気付く。まわりじゅう真っ白。世界が輝いているようだ。表の道に飛び出す。道の真ん中の方は車が通ったあとで、灰色の轍ができてベチャベチャになっていたけど、道端にはまだきれいな雪が積もっている。ガードレールのまわりはまだ誰も歩いていない。滑らかで柔らかそうなその部分を思いっきり踏むと、さくっ、という気持ちいい感触とともにきれいに足跡がついた。斜向かいの公園では小さい子がはしゃいでいる声がする。家の前にはもう、誰かが作った雪だるまがあった。大きい雪だるま。誰が、いつの間に作ったのだろう。公園の中を見ると、隅の方の雪を集めてかまくらを作ろうとした跡もあった。かろうじて入口らしき凹みがあるだけで、人が入れそうな大きさではなかった。公園ではそのくらいかもしれないけど、友達と一緒に校庭の雪を集めまくれば、人が入れるかまくらも作れるかもしれない。その中で遊ぶのは楽しそうで、想像するとワクワクするけど、皆がかまくら作りに乗ってくれるかどうかは分からない。

翌十日未明。花梨さんが中年の男と一緒に歩いていた、という目撃証言が入る。同市内では十月、小学二年生の女児が草むらから遺体で発見されるという事件があったばかりであり、警察は捜索態勢を強化したが、新たな情報は何も入ってこなかった。

クラスの皆があまりにそわそわしていたせいか、二時間目が始まるとすぐ、先生が「今日は雪だから外で遊びましょうか」と言ってくれた。みんな拍手。外で雪合戦をした。そのまま二十分休みだったのでずっと遊べた。雪だるまも作って、木の枝で口と目を作った。表情がいまひとつ可愛くなかったけど、私の手袋と友達の帽子を総動員してクママリ形にしたら、予想以上にうまくできてみんな笑った。三時間目のチャイムが鳴って教室に戻ると、先生がタオルをくれて、みんなヒーターの前で体を乾かしていた。ちゃんと拭かない子は先生に捕獲されて無理矢理拭かれていた。

昼休みも遊んだ。給食でみかんが出たので、それを取っておいて、新しく作った雪だるま二号の目にした。こっちはちゃんと可愛かった。朝は晴れていたけど昼には曇ってきて、夜にはまた雪が降るかもしれないという話だった。今日はかまくらを作れなかったけど、もしかして明日、さらに積もってくれるかもしれない。

帰り、さすがに家までの道はほとんど足跡がついて、歩道と車道の真ん中の方は雪かきをしてあったから、誰も踏んでいないところを探しながら帰った。家の前の雪だるまはほとんど溶けていなかった。大きいほど溶けにくいのだ。私の肩ぐらいまであるから、けっこう残るかもしれない。誰がいつ、うちの前で作ったのか分からないけど、すごい。何日残るか見ていようと思った。

十一日になっても花梨さんの新たな目撃情報はなかった。持っていた携帯電話が通学路から少し外れた路地の側溝に捨てられているのが発見され、通話記録も確認されたが、情報はなかった。警察内部では、花梨さんの生存を絶望視する見方が強くなっていった。周辺の交通機関への問い合わせなども続けられたが、花梨さんが電車やタクシーなどに乗った形跡はなく、犯人の車で連れ去られたか、すでに殺害されている可能性が大きくなった。十月の事件では、殺害された女児の遺体は通学路からさほど離れていない場所の草むらに放置されていたため、警察は、花梨さんの通学路周辺の捜索を開始したが、発見の報告はまだなく、周辺住民からの通報もなかった。

　現場周辺では十一日未明の時点で雪が積もり始めており、警察の捜索に支障が出ていた。


　結局、夜の間にはそれほど雪が降らなかったらしい。朝、カーテンを開けたら外の雪がむしろ減っていたので、少しがっかりした。でも、まだ土の上にはだいぶ積もっている。道路のアスファルトより、土の上の、しかも日陰はずっと雪が溶けにくいのだ。

　家の前の雪だるまは少しだけ形が崩れたようだったけど、あまり小さくなった感じはなくて、これならだいぶ残りそうだった。日陰だし、一週間くらい残っているかもしれない。

　さすがに今日は二時間目を外遊びにはしてくれなかったけど、休み時間には硬くなり始めた雪でお城やケーキを作って遊べた。昨日、はしゃぎすぎたせいで風邪をひいたそうで、二人ほど休んでいた。放課後はそんなに遊べなかった。メンバーが集まらなかったし、雪が少しずつ泥まみれになってきてしまって、きれいな雪が残っている校舎の裏なんかは上級生がずっと占領してしまっていた。

家の前の雪だるまはまだ元気だった。小さくなってきてはいるようだったけど、もともと目も口もついていないから、崩れてきているのが分からないのだ。せっかくこんなに大きく作ったのだから目ぐらいつけてあげればよかったのに、と思う。これを作った人はただ大きな雪だるまを作りたかっただけなのだろうか。大人が作ったのだろうと思うけど、どんなつもりで作ったのだろう。

花梨さんの捜索は全力で続けられていたが、目撃情報は全く入ってこなかった。一方、最後に花梨さんと一緒に歩いていたところを目撃されている中年の男については情報が入っていた。この男とよく似た男が先月、花梨さんの通う小学校の校門前にじっと立ち、校庭を見ていたという。近所の住人が声をかけたところ、顔を伏せて立ち去ったという。

だが、声をかけたという住人の証言によりモンタージュを作成したところ、十月の事件の容疑者の一人と顔の特徴がよく一致した。この男は先月から行方が分からなくなっており、十月の事件、及び花梨さんの失踪に関わっている可能性が大きいとして捜査が開始された。

並行して、通学路周辺を中心に、花梨さんの捜索も続けられていたが、未だ何も発見されていなかった。花梨さんの遺体が前回同様に放置されていた場合、その上に雪が積もって隠れてしまっている可能性もあったし、犯人が遺体に雪をかけて隠した可能性もあった。

翌朝になっても、家の前の雪だるまはまだ残っていた。道の雪はあらかた溶けてしまって、もう日陰の木の下とか、そういうところにしか残っていないのに、雪だるまはまだ雪だるまの形を保っている。すごいなあ、と思う。うちの前に誰がいつ、何のために作ったのか分からないけど、おかげで私はこうして楽しんでいる。

雪だるまを見ながら、それにしても、と思った。こんなに大きいのをどうやって作ったのだろう。そのあたりの雪を集めるだけでは、こんなに大きなものは作れないはずだ。それに家のまわりの雪は特に減ってなかった。どこかから雪を持ってきたのだろうか。

十三日昼頃、犯人が自首した。捜査対象の男だった。男は十月の事件への関与を認め、また、花梨さんの殺害も認めた。下校途中の花梨さんを脅して車に乗せ、近所の立体駐車場内で首を絞めて殺害したと供述した。

遺体は捨てたというが、その場所についてはまだ証言が得られていない。現場の近所であることは間違いないらしいのだが、花梨さんの遺体はどこにあるのだろうか。

この雪だるまに名前をつけようと思ったが、いい名前が思い浮かばない。顔がないせいかもしれない。それにしても、本当に大きい。これだけの雪はなかったはずだから、中に何かを入れたのかもしれない。何を入れたのだろう。そのうち溶けてくれば分かるだろう。

雪だるまにバイバイと手を振り、帰りまでに名前をつけようと決めて学校に行く。

敵性記憶

　コの字型の車止めは塗装が剝げて、ざらざらした茶色の錆びた部分と塗装の残った黄色い部分が3：7くらいでまだらになっている。なんとなく記憶にある薄紅色のタイルも色が落ちてほとんど灰色になっている。そこを進むと正面に大きな百日紅（さるすべり）の木がある。木の周囲だけ丸くタイルに窓が開けられ、露出した根の上に焦げ茶色のネットが被せられている。これは見覚えがある。こんな大きな木だっただろうかと首をかしげ、二十年ぶりに来れば街路樹も成長して当たり前か、と思い当たる。この木だけが唯一、記憶の中のそれより大きい。公園の入口も周囲の植え込みも、百日紅の木のむこうに広がる芝生の広場も、東屋（あずまや）のベンチも、すべてが「こんなに小さかっただろうか」と首をかしげるほど縮んでいて、幼い頃はこんな小さな公園を広大なワンダーランドだと思っていたのだなあ、と月並みに感慨にふける。高さ大きさより、広さと距離の感覚が大きく違うようだ。当時、私にとって家から歩いて行く公園は「大きな公園」と「小さな公園」の二つだったが、「大きな公園」であったはずのここも、芝生のちょっとした広場と東屋、奥のスペースに砂場ブランコ滑り台といった最低限の遊具があるだけの、極めて平凡な場所だった。「小さな公園」にいたってはマンションと家の狭間に造られた、かろうじて滑り台とベンチがあるだけの空間で、公園というより「休憩スペース」だった。子供の頃、見ていた世界と全く違う。世界を隔てる大河のような広い道路はただの片側二車線道路で、天空に向かってそびえ立つ大木は大きめのクヌギで、幼稚園の裏手の魔の森は住宅地の狭間に残された緑地だった。

夜、たまたまこの近くの友人を訪ねる用事があったので、約二十年ぶりに生まれた町を訪ねてみた。小学校に上がると同時に引っ越してしまったからそれほどはっきり細部を覚えていたわけではないが、二十年前のニュータウンは驚くほどそのままで、右にも左にも行かずにまっすぐ二十年分だけ古びていた。私が遊んだあのブランコを今の子供が遊び、私が駆け上がったマンションのあの階段を今の子供が駆け上がっていた。予想していた通り、町のスケールはだいぶ縮んでいたが、それもまたいいものだ。道端のポストや団地の入口の看板、そういった何気ないものにいちいち幼い頃の記憶を刺激され、「ああ、あったあった、こういうの」と一人ではしゃぎながら歩くのはなかなか楽しかった。

実際に歩いてみると、町の音やにおいや日差しの眩しさが、曖昧になったり抜け落ちていた当時の記憶を次々と蘇らせ、細部の記憶違いを修正していくのだった。最寄りのデイリーヤマザキはずっと遠くではなく住んでいたマンションの敷地のすぐ裏だったし、保育園の用具倉庫に描かれていたのは不気味な黒い笑い顔ではなく職員が頑張って描いたきかんしゃトーマスだったし、駅からマンションに向かう途中の坂道はそれほど急ではなく、ガードレールのむこうに見渡せる住宅地の屋根の連なりは広々として楽しかった。そして保育園の職員は今でも頑張っているらしく、不気味トーマスの周囲にも、当時はなかったピカチュウやクママリが描き足されていた。

そして駅からマンションに向かう坂道を下っていた私は、五歳の頃の忘れていた体験を一つ思い出した。坂の上まで七、八メートルほど。ガードレールの下に見下ろす屋根の連なり。焼き鳥屋の赤い看板が見えて、その斜向かいにクリーム色のタイルで目立つ大きな家がある。遠くにはごみ処理場の煙突が見える、この位置だ。

五歳の頃、私はこの位置で何か、恐ろしいものを見た。

一度思い出してしまうと、その時の恐怖ははっきりと再現できた。恐怖のあまり声が出なかったのは、あとにも先にもあれ一度だけだ。あの日、私はガードレール越しに、今見ているのと同じ、眼下に広がる住宅地を見ていた。その時に見つけたのだ。

それはたしか、屋根の上に立っていた。タイルの家より少し右寄りの方の、屋根瓦の上だ。見下ろす角度だったし、遠かったためはっきりとは見えなかった気がするが、屋根の上に立っているそれは、確かに人間だった。白い服を着て白い何かを頭に載せた女。ナース服のようにも見えたが、当時はよく分からなかった。手に何か持っていた気もするが、何だったのかも思い出せない。

それを見つけた時、私は激しい恐怖を覚えたのだ。何か「おかしいもの」――そこにいるべきでない異常なものがいる。周囲の大人たちは誰も気付いていないのに、自分が一人でそのことに気付いてしまったという事実がひどく恐ろしかったのだ。何がどう異常だったのかは、今でも分からない。だが、地味な住宅地の屋根の連なりの中に、そこだけ真っ白のものがあって、それが人間である、ということがひどく異常に思えた。だが、今になって大人の頭で考えると、それだけではない。あの人間は何をしていたのだろうか？　下の誰かと会話するでもなく、何か作業をするでもなく、ただ突っ立っていた気がする。だからこそ異常に感じて怖かったのだ。私は見つけたそれを母親に話しただろうか？　記憶にない。あの時、母が一緒だったかも覚えていない。だがとにかく、家に着くまで怖くて仕方がなかった。あれが、私が見ていることに気付いて追いかけてくるんじゃないかと。

見間違いでも勘違いでもない。確かにいた。あれは何だったのだろうか。

ガードレールのむこうに景色が広がっている。五歳の時とほとんど変わらない家並みが見下ろせる。だが、あの女については、それ以上思い出せなかった。

そのまま駅近くで時間を潰そうと思っていたのだが、せっかくだから近くの小学校も見ておこうと寄り道をした。第三小学校。ここに通った記憶はないが、選挙の投票所とか地域のお祭りの会場はここで、その時だけ「小学生のお兄さんお姉さんしか入って遊んではいけない場所」であった第三小学校の校庭に入ることを許されたのだ。親に連れていってもらい、校庭で遊んだ記憶が断片的にある。

駅前に向かう道を途中で折れ、欄干に金属製のちょっと凝った彫刻が乗った橋で小川を渡ると、第三小学校の校舎がすぐに見える。日曜なので少年野球の練習をしているようで、小さな白いユニフォームの子供たちが、顔に似合わないしっかりした声でオーイと声出しをしている。全身で叫んで小鳥のようだ。うちの小学校でも男子たちがやっていたなあ、と思い出し、校門から校庭を見る。チェーンの中にタイヤや金属のフープが色々ぶら下がった例の遊具は奥の方にまだあった。今ではそれより手前に綺麗な色使いの複合遊具ができていて、ここの子たちにとってはおそらく主役はそちらなのだろうけど、当時の私はあの遊具で遊びたくて仕方がなかったのだ。小さい頃はあっちこっちによじ登るのが好きな子供だった。そう。引っ越した先で入学した小学校には同じ遊具はなく、仕方なくジャングルジムに登りまくっていたのだった。いつからそういうことをしなくなったのだろうかと考え、たまたま目の前を通った親子の、女の子が背負っているキャラクターもののリュックサックを見て思い出す。そうだ。ああいうのがきっかけだった。

一年生の頃は、まだそれまでと同じように遊具から遊具へ駆け回ったり砂場でおままごとをしたりしていたのだ。しかし二年生になって、可愛いものをたくさん持っている子が友達グループの中に入ると、すぐにみんなが夢中になり、私もそれに倣った。あの子は川……何さんといったか。川柳、そんな名前だったと思う。当時流行っていたキャラクターは今の子の背負っているリュックに描かれているやつとは違い、尻尾に宝石をつけた動物たちのシリーズだ。当時は流行ったはずだがわりとすんなり廃れてしまい、シリーズ名が思い出せない。川柳さんだったか、その子はそういうグッズを特に自慢することなく、かわいいね、と言うと喜んで、たしか私に何かをくれた。鉛筆につけるキャップだったと思う。もらったあの日、たしかそれを眺めながら帰り、その途中で。

私はそこで、また思い出した。友達からもらったキャラクター柄のキャップ。それを弄びながら帰った日。その日、私はまた、とても怖い目に遭っていた。

今、思い出すと、それは確かに、五歳の頃に見たあれだった。真っ白なナース服の女。角を曲がると、道の先にそれがいたのだ。首を不自然に傾けて、こちらを向いて立っていた。手に持っていたのは、あれは金属の棒のような……釘抜きか何かではなかったか。

それを見た瞬間、私は激しい恐怖を感じ、さっと引き返して戻ったのだった。そして大きく回り道をして帰った。回り道をしている間中、次の角を曲がってまたあれが立っていたらどうしようと、不安で仕方がなかったのだ。なんとか家の前の道まで辿り着いた時はほっとした。

だが、今思い出してみると、やはりおかしい。あれは何だったのだろうか。

確かにナース服の女だったと思う。顔はよく覚えていない。だが、いくら人通りの少ない道だったとしても、そんな恰好をした人間が手に釘抜きのようなものを持ったまま通学路上にずっと立っていたら、近所の大人が騒いでいないとおかしい。当時からすでに、子供に対する犯罪は問題になり、通学路上には近所の人たちによる「見守り隊」がいた。なぜあれは誰にも問題にされなかったのだろう。それとも、あらかじめ大人たちはあれのことを了解していたのだろうか。だが、そんな話は当時、誰からも聞いていない。

いや、そもそも……。私は考える。他の大人はあれのことを知らなかった気がする。どういうことなのだろう。私は振り返り、校庭脇の路地を見た。あの時の路地に似ている。先の方の、あの角のあたりに。

もちろん、何も立っていなかった。

だが、私の中に釈然としないものが残った。五歳の頃、見下ろした屋根の上に立っていたものは私の勘違いでも見間違いでもなかった。それなら、あれは何だったのだろうか。

五年だか六年ぶりに会った友達とは楽しく食事ができた。だが帰り道、駅の改札をくぐって一人になり、自分一人の時の思考に切り替えた瞬間に、昼間、思い出したもののことが蘇ってきた。幼い頃の奇怪な記憶。それについて考え込むあまり逆方向のホームに行きそうになり、こんなに気にしていたのか、と自分で驚いた。

五歳の頃、屋根の上にいるのを遠くから、しかし確かに見た、女。

小学校二年生の、おそらく七歳の頃、通学路の角を曲がるとむこうに立っていた、ナース服の女。

あれは何だったのだろうか。私は電車に揺られながら、携帯で町の名前を入れ「ナース服」「屋根」などと検索ワードを入れてみた。もしあれが何か事件を起こすとか通報されるとかしていれば当時の記事が引っかかるはずだが、検索して出てきたのは本物の業務用かコスプレ用のナース服の通販サイトばかりだった。

まあ、当然だろう。そんなものが近所に出たなら覚えていないとおかしいし、さすがに大人たちも何か言っていたはずだった。

車窓の外、高架線の下をゆっくり流れていく夜の住宅地を見る。家々の窓から漏れるクリーム色の明かりに、街路灯の白の連なり。もちろん屋根の上に何かがいるわけがない。なんとなく気になって電車内を見回すが、空いても混んでもいない車内にいるのは携帯を見ているか本を読んでいるかしている普通の乗客であり、ナース服の女など立っていない。座席に座っているうちの何人かは寝ている。腕を組んで寝ている中年男性が隣の女性にもたれかかり、女性が迷惑そうに顔をしかめている。電車がどちらに揺れても反対側の男性の方には傾かず、あくまで女性の方にだけもたれかかろうとするから一種のセクハラだ。叩いて起こそうと思ったが、それより先に女性が席を立ってドアの前に移動した。向かい側に立って携帯を見ていた太った男性が怪訝な顔で空いた席に座り、予想通り寝たふりをしていた中年男性を幅広い体で押しのける。普通の、平穏な車内だ。たとえばここにナース服の女が立っていたら周囲は少なからずざわつくだろうし、それだけでかなり異様な記憶として残るだろう。

だが、記憶にあるあれは、ただ看護師の恰好をした女ではなかった。周囲の風景に全く嚙みあわない存在。それがなぜか、とても恐ろしかった。

なぜあんなに怖かったのだろうかと、記憶の中の映像に目を凝らす。だが、揺れる車内の倦怠と一日の終わりの疲労感の中では、どんなに集中しても何も思い出せなかった。

家に帰り着いた時には真夜中になっていた。友達とは早めの夕食だけにして帰ったつもりでも、電車を乗り継ぎ、最寄り駅から家まで歩いて着くとけっこう時間がかかってしまう。明日は月曜だ。入浴はシャワーだけで済ますとして、今日はもう寝なければならない。なのに、行ったレストランの料理がどの皿もいちいち少なかったのが影響して、今になってまたお腹が減ってきている。

だが、自室に戻った私がバッグを放り出すように置いて最初にしたのは、本棚の一番下の段に手を伸ばすことだった。棚板を高めにしてある一番下の段には小学校から高校までの卒業アルバムが並んでいる。小学校のアルバムを出してざっとめくり、続いて中学校のアルバムを出した。

帰り道の途中からそうだった。満月の夜に時々そうなるように、気持ちがそわそわと落ち着かないのだ。何かを忘れている気がする。それだけではない。思い出さないままでいる分だけ悪い何かが進行してしまっている気がする。だが何を思い出せばいいのか分からない。忘れていたこと。つまり、あれのことだ。

高校の卒業アルバムに何かがある気がして、ページを一枚一枚めくった。校舎の全景、クラス写真、部活動の集合写真。文化祭や体育祭のカット。そこで一度通り過ぎたページへ戻る。雪が積もった日のカット。足跡をつけながら登校する生徒が四人写っているが、私や知っている人は写っていない。だがこの日のことは覚えている。これは私が一年生だった年だ。大雪が降って、たしか翌日、部活動の練習試合が中止になった。雪を踏みながら帰った記憶がある。自転車通学だったからその日は自転車が使えず、最寄り駅まで歩いて登下校したのだ。帰りは随分遠回りして、息を切らしながら、滑る雪の上を走って駅から自宅まで帰った。一度滑って転び、帰った時には外側の雪と内側の汗でぐっしょり濡れていたのではなかったか。

……だが。

唐突に思い出した。あの日の私は、何の意味もなく遠回りして駆け回ったわけではなかった。重要な部分が抜け落ちていたのだ。あの日、私はまた、小さい頃に見たあれに出遭ったのだ。

私は記憶を探る。頭の中で映像のピントが急に合う。そう。確かにいた。駅から出るとロータリーのところにナース服の女が立っていて、私はそれを避けて駅の反対側から出て、一つ先の踏切まで大回りして家に帰ったのだ。慣れない雪道を走って、それで汗だくになった。

あの日、あれが出た瞬間、私は叫びだす寸前まで恐怖したのだった。学校の前ではなく私の最寄り駅にいた、ということがひどく恐ろしかった。小学校の頃より間近で見たからか、私自身が成長していたからか、あれの姿はよく覚えている。ナース服で、異常なほど白い顔をして、首を四十五度、右に傾けていた。手に持っていたのは確かに赤い釘抜きだ。とりたてて背が高くも低くもなく、しかしそもそも人間だという感じがしなくて、関わってはまずい、という直感だけが強く働いていた。関わらないように。なるべく関わらないように、一メートルでも遠くにいられるように遠回りをしながら、次の角を曲がるとまた立っているんじゃないかとか、ゆっくり歩いていて後ろから足音が追ってきたらどうしようとか、混乱と恐怖にまみれて走ったのだ。家に入ってドアを閉じたらほっとした。

確かに思い出した。だが。

私はそこで、初めて疑問に思った。これだけの怖い体験を、私はなぜ今の今まで忘れていたのだろう。五歳や七歳の頃のことなら分かる。記憶自体も曖昧だし、幼い子供が許容範囲を超える恐怖体験の記憶に自ら蓋をし、自分の精神を守ろうとすることは考えられる。だがあの時、私は十六歳だった。精神面では大人同様だったはずなのに、なぜ忘れていたのだろう？

そして、おかしな点はもう一つあった。忘れていた高校の頃の記憶を、私はなぜ「今になってやっと」思い出したのだろう。

さっき思い出した時は、「そういえば」という感じだった。保育園の頃の記憶が蘇り、それをきっかけに小学校の頃の記憶が蘇った。そしてその後に、一番新しい高校の頃の記憶が出てきた。こんなことがあるだろうか？　普通、保育園時代や小学校時代のあれを思い出した瞬間、そういえば高校の頃にもあった、と一緒に思い出すものではないだろうか。なぜ昼、第三小学校の前にいた時から今まで、数時間もかかったのか。

何かがおかしい。

壁掛け時計は夜の十時半を指していた。父と母は最近、寝る時間がすごく早くなっているようだが、どちらかなら、まだぎりぎり起きているだろう。私は携帯を操作し、実家に電話をかけた。

予想通り、母がすぐに出た。こんな時間にいきなりどうしたの、と問う母に対して、私は訊いた。私が高校一年生だった年の冬。大雪が降った日のことを覚えているか、と。

——覚えてるわよ。あんた確か、汗びっしょりで走って帰ってきて。

覚えているようだ。私は続けて訊いた。

「その時さあ、私、何て言ってた？　駅のとこに何かいたって話したよね？」

——何か？

当然答えてくれるだろうと思っていたが、母からは怪訝な声と沈黙が返ってきた。

——何か言ってたっけ？　雪にはしゃいで、びしょびしょになって帰ってきて。犬みたいって笑ってたのは覚えてるけど。

「……え？」

なぜだろう。話が合わない。「違う。あの日、私、遊んでたわけじゃないよ。覚えてない？　必死だったはずだよ。何かがいたとか、追いかけられたとか、何か言ってたよね？」

――追いかけられた？　いいえ、そんなこと言ってなかったと思うけど。だって「転んじゃった！」ってケラケラ笑ってたじゃない。たしか。

「うそ？」

そんなはずはない。笑っているはずがない。母は記憶違いをしている。

「ねえ、ちゃんと思い出してよ。そんなわけないって。それ、いつの話？　あの日は私、すごい怖い思い、したんだよ？　何も言ってないわけないって」

――記憶違いならそっちじゃない？　あんたが高校生の頃、大雪が降ったのってあの日だけだったし、だいたい、あんたがそんなふうに怖がって家に帰ってきたことなんて一度もなかったよ？

話が通じない。母は本気でそう言っている。私の記憶とは全く嚙みあっていなかった。

私の言葉に何か感じたのだろう。母は電話口で後ろを振り返り、父に何かを確かめている。ほどなくして、母の言葉が聞こえた。

――お父さんも覚えてるって。夕飯の時に私が話したから。犬みたいだねって。

「……そう」

父まで、私の記憶を否定する。

だが、そんなはずはないのだ。あの頃の私が帰る途中で怖い目に遭ったなら、必ず母に言っている。ごまかして笑ったりなんてしない。

携帯を耳に当てたまま、私は言いようのない気味の悪さを感じていた。私はとても怖い目に遭ったはずなのに、母も父もそれを全く覚えていない。

私は適当にお礼を言って電話を切った。何一つヒントがないどころか、不安感が増している。こんなことをしている間に、何かが進行している気がする。

父と母はあれのことを全く覚えていないようだ。だとすれば、私の記憶違いなのだろうか？　とてもそうは思えない。これまでは忘れていたが、今はこんなにはっきりと覚えているのだ。ナース服の女の顔。立っている姿。すべて思い出せる。確かにいたのだ。あの日、駅の前に。

こういう時に使えるのはやはり携帯でありネットだった。私は過去の天気を記録しているサイトを探して高校一年の年の天気を調べ、一月に大雪になった日付を特定した。その日のニュースなども見つかり、東京の方ではかなり交通に混乱があったらしいということも知った。それからその日、私の地元で何かニュースはなかったかと検索した。

だが、何も情報はなかった。ローカルニュースまですべて見てみたが、どこも触れているのは大雪のことだけで、その日、事件が起こったり、不審者が出たりという話はどこにもない。大手のニュースサイトにある過去記事から始めて、どんなに関連が薄そうでも、見つかるサイトをすべて見ていった。どこも関係のない話しか載っていなかった。検索するにつれ、私の中で苛立ちと不安が膨らんでいった。決して賑やかな中心駅ではないが、それでもそれなりに人が出入りする駅のはずだ。看護師の恰好をして立っている人間が目立たないはずがない。それもあんな雪の日に。必ず話題になるはずなのだ。なのになぜ、誰もそのことについて触れていないのか。

やはり私の、私一人の記憶違いなのだろうか。私は携帯の画面をスクロールする。だが、あれは現に、その後も……。

「……え？」

指が止まった。

壁掛け時計の秒針が、こち、こち、と動いている。

私は、また思い出した。

高校一年の冬で終わりではない。それより後にも、私はあれを見ていた。

大学生の時だ。三年次にキャンパスが変わって家から遠くなったのをきっかけに、私は今のアパートに移って一人暮らしを始めた。それから半年ほど経った秋、たしか十一月の初めあたりだったはずだ。夜中、アルバイトで遅くなって、それなのに雨も降っていて、店を出る時、店長が心配していた。私は折りたたみ傘を持っているから、と平気だったが、駅の近くはともかく、このアパートの近くは街路灯の明かりが少なく、少し不安だったのだ。それで早足で歩いていた。横断歩道のところに大きな水たまりができていて、焦っていた私は不注意にもその中にまともに一歩を踏み出し、履いていたブーツの中がぐしょぐしょになった。早く帰って靴下を脱ぎ、シャワーを浴びたかった。なのに。

信号待ちをしていたら、後ろから足音が聞こえたのだ。一歩、一歩。雨の中を歩いているにしてはおかしいくらいゆっくりとしたリズムで、それは近付いてきた。周囲は全く静かなわけではなかったはずなのに、その足音は妙に耳についた。それに単純に、雨で動きにくい中、後ろから誰かに近付いてこられるのが嫌だった。それだけではなかった。足音は私の数メートル背後で、なぜか止まった。

なぜ立ち止まるのだろうと思った。信号待ちならここまで来るはずだ。不審に思った私は傘を上げて振り返った。

私の背後に、白いナース服の女が立っていた。雨に降られて、顔の上に流れができるほど濡れているのにまったく意に介さない様子で、五メートルほどまで近付いてやはり首を右に四十五度傾け、こちらをじっと見ていた。私と同じくらいの背の、目を見開いた女。

私は悲鳴をあげていたと思う。そして走って逃げた。途中で傘がひっくり返り、それを閉じることもできないまま抱えて走ったのだ。部屋に飛び込み、すぐに鍵とチェーンをかけた。体は濡れていたが、シャワーを浴びるのは怖くてなかなかできず、すべての窓を閉め切り、バスタオルにくるまって外の音に耳を澄ましていた。その時は何かが追いかけてくることもなく、夜中になってようやくシャワーを浴び、ベッドに入ったのだった。だが……。

私は、なぜこれを忘れていたのだろう？　大学三年の秋だ。ほんの数年前のことなのに。

それに、と思う。私は部屋を見回す。まさにこの部屋に帰ってくる途中に遭ったことだ。それなのに、なぜ私は引っ越しもせず、何事もなかったかのようにこれまで、この部屋で暮らし続けていたのだろうか。あれがいたのは駅までの途上だから、それからもその場所を毎日通っているはずだ。夜遅くなる時もあるし、雨の中、傘をさしている時もある。それなのに、なぜ私はこれまで、平気で同じ道を歩いていたのだろう。

そもそも、その翌日はどうだったただろうか？　夜中にあんな目に遭ったら、翌日、部屋を出ることすら怖いはずだ。夜は？　遅くなる日はどうしていただろうか。何も特別なことをした記憶がない。では私は平気で、それまで通りに暮らしていたということだろうか。数年経った今ですら、思い出したらこんなに怖いのに。

確実に何かがおかしい。矛盾している。

私は立ち上がり、机の上のノートパソコンを開いた。数日ぶりに起動したからずいぶんと時間がかかり、一度などは画面がブラックアウトしたが、根気強く待つとホーム画面が表示された。すぐにネットにつなぎ、お気に入りの欄に登録してあるサイトをクリックする。

私は一時期、ネット上で日記をつけていた。大学三年の頃もやっていたはずだ。十一月の初めあたり、あるいは十月の終わりあたり。その頃の日記を見れば、必ず書いてあるはずだ。

だが、日記のページに接続していくら探しても、あれに遭遇したという記述は出てこなかった。日付を勘違いしているのかと思い、その前後一ヶ月と前年、翌年の日記も見たが、書かれているのは就職活動の結果と大学の課題、それに買い物とか観た映画とかいった、平穏な話だけだった。

私はマウスをクリックしながら無言で叫ぶ。なぜ、ないのだ。このあたりのどこかのはずなのに。あんな怖い目に遭ったのに、なぜ、なかったことにしているのだ。

私はマウスから手を離した。

キッチンの方で、冷蔵庫が低く唸り始めた。時計の秒針がコチコチと動いている。

これで、確信した。おかしいのは私の記憶の方だ。まわりの誰も、それどころか当時の私自身ですらなかったことにしているはずのあれの記憶が、私の頭にだけ残っている。いや、違う。私の頭もつい昨日まで、そんな記憶はなかったことにしていた。つまり、皆が忘れているのではなく、これはむしろ……。

私の記憶の方が変わっているのだ。

保育園の頃の記憶も、小学校の記憶もある。高校の大雪の日も、大学の雨の夜も覚えている。だが、覚えていたはずの記憶がいつの間にか変わっている。何もなかった日のはずの記憶に、いつの間にかナース服の女が入り込んでいる。そこにいたことになっている。

そう気付いた時、私は体の中にもぐり込まれたような、嘔吐感を伴う恐怖を覚えた。私の頭の中に、記憶の中に入り込まれている。

現に、昨年の今頃のある日、友達と飲んで帰ったあの日にも、あの女がいた。私の後ろをゆっくり歩いてついてきた。そのことを今、私は思い出している。ほんの数分前には、あの日の記憶にナース服の女なんていなかったのに。

それだけではない、と気付き、私の全身がすっと冷える。あの女は記憶の中に突然出現するだけではない。五歳から七歳。高校から大学。そして昨年――。

移動している。近付いてきている。遠い過去の記憶から、徐々に、最近の記憶に。

パソコンの電源が落ち、暗くなった画面に目を見開いた自分の顔が映る。私はまた思い出す。そういえばあれは半年くらい前にも見たのだった。会社の近くで。それを思い出している間に、今度は先月にも見ていたことを思い出した。帰り道で近寄ってきた。私をまっすぐに見ていた。もう、あれの顔の皺まではっきりと思い出せる。

ナース服の女が近付いてくる。止まることなく。半月前の記憶に出現したと思ったら、そういえば先週末にも見たのだ、と私は思い出した。これは嘘だ、もともとはこんなものはいなかった、といくら考えても、すでに、ナース服の女がいたという記憶しかない。先週末の記憶の中にも、確かにいる。

私は椅子から床に崩れ落ちた。頭を抱えて目を閉じた。思い出してはいけない。思い出せば近付いてくる。そうだ。そういえば一昨日の夜にもあれがいた。口の端をぐにゃりと持ち上げて気味悪く笑いながら、こちらに手を伸ばしてきた。違う。昨日も見たのだ。肩を摑まれて……赤いマニキュアの爪が食い込んで痛かった。肩にまだ痕が残っている気がする。それからどうしたのだったか。

汗でびっしょりになっていた。それを自覚してから数秒後、ようやく、私は思い出した。ついさっき、家に入る前まであれがいたことを。捕まえられ、振りほどいて逃げてきたから、私は今、汗びっしょりなのだ。

いや、違う。

私は、一番大事なことをようやく思い出した。
今、後ろにあれがいるんだった。

インターネット・プロトコル

Googleストリートビューでね。
なんとなく、適当な道を見て回ったことはない?
それ、やめた方がいいよ。
時々、見えちゃいけないものが映ってるところがあるから。

たとえばね。
N 37.59.41　E 140.08.38は、見ない方がいいよ。
空き地に停めてある、黒い車の中に、顔の上半分がない女が映ってるから。

それからね。
N 35.31.23　E 133.12.29は、見ない方がいいよ。
側溝の中に、ばらばらにされた男の首と右脚が映ってるから。

それからね。

N 34.36.41　E 135.32.06は、見ない方がいいよ。

ゴミ捨て場に積まれたクママリのぬいぐるみの横に、女の首が捨てられてるから。

それからね。

N 43.33.54　E 144.52.52は、見ない方がいいよ。

森の中に、逆さまにぶら下がっている死体が映ってるから。

それからね。

N 35.06.17　E 136.54.37は、見ない方がいいよ。

デニーズの看板のうしろに、頭が潰れた男が映ってるから。


言ったよね。「見ない方がいいよ」って。

どうして見たの？　すべて見たら、もうだめだよ。だから「見ない方がいいよ」って言ったのに。

ほら、外に何かいるでしょ？

裁ちばさみを持ってる？　ふうん。じゃあ、殺されるね。
全部見ちゃ、いけないいんだよ。なのに、見ちゃったんだよね。じゃあ、仕方ないよ。

N 35.36.19　E 139.40.07 は、見ない方がいいよ。
家のベランダに、裁ちばさみで刺し殺された人が映ってるから。

終わりの日記

二車線の道路から建て込んだ路地に入る。東京都北区東十条。

路地を進み、携帯の地図を確認して、建て込んで狭い路地から、もっと建て込んで狭い路地に入る。東十条七丁目。

正面から白いワゴン車が向かってくる。一台通るだけで右側も左側もぎりぎりで、こんな狭い路地に何の用だろうと思いながら、後ろを歩く弟の袖を引っぱって気付かせ、ブロック塀に背中を張りつけるようにしてよける。すれ違いざまワゴン車がプ、とホーンを鳴らし、よけてやったのに何だ、と一瞬思ったが、おそらくドライバーは「ありがとう」の意味で鳴らしたのだろうと気付いてまた歩き始める。この路地を二軒目、三軒目……七丁目十六。コーポサガミ。

「ここだ」

携帯をいじりながらついてくる弟に言う。「着いたぞ。スマホ歩きすんなよ」

「ん。すまん。ちょっと待って」

弟は熱心に携帯をいじっている。すぐにやめるだろうと思ったが、立ち止まっても いじり続けている。ちょっとってどのくらいだ、と思ったら、ようやく弟は「っし。

これで今日中にコンプ確実」と呟いてさっと画面をスワイプし、ようやく顔を上げた。

「……着いた？」

「たぶん」よほど熱心に携帯の画面を見ながら歩いてきたらしい。「お前、いつもそんななの？　彼女の前とかでも？」

「いや、彼女の前でやれないから今やってる」

「……歩きスマホやめろよ」

「あれがいけないのは人とかにぶつかるからだろ。このへんは人がいない」

昔からこういう弟だったなと思いつつ鞄から鍵を出す。「行こうぜ。伯母さんはいないけど、片付けてはくれてるみたいだから」

「おう」

コーポサガミはひと目見てすぐ分かるほどに古い二階建てアパートで、ちかちかするライトグリーンに塗られた外壁は、ところどころ塗装が剝げ、板がささくれ立っているため、人の来ない田舎の観光地のようなどうしようもないわびしさを感じさせる。父の最後の住処はこんな所なのか、という常識的な感傷が浮かびかけたが、記憶にある父の性格からすれば、単に家賃が安く、駅からの距離がほどほどで、風呂とトイレがついてさえいれば、あとは何でもよかったのだろう。そんなことを考えていると、弟が初めて僕より先に歩き出した。「……何号室？」

「一〇二」

一階のドアの一つを指さす。弟が手を出してきたので、伯母から預かった鍵を投げて渡した。

もう七年前から主がいないままの部屋だが、やはり勝手に入るのは決心がいる。僕はそう思って心の準備をしたが、弟は何かに急かされるようにさっさとドアを開けてさっさと上がりこんだ。父のことだ。玄関に靴はなく、脇のラックにウォーキングシューズが一足だけ載っている。仕事用の革靴とこの靴しか持っていなかったのだろう。そして革靴の方を履いたまま行方不明になって、結局帰ってこなかった。

七年前、父が仕事中に突然失踪した。

父という単語だけで済ますより、その前に「生物学上の」とつけた方が正確に言い表せる気がする。いなくなる三年前、つまり今から十年前に、父と母は離婚していた。僕たち兄弟が父親から引き離されるということで、母はしきりにすまなそうにしていたが、僕は「ああ、ようやくか」という程度の感覚だった。警視庁の警察官である父は、もともと専業主婦の母に家事・育児をほとんど任せて何もしてくれない人だったが、刑事課に異動になってからというもの、家には夜中に帰り、翌朝早く出ていく、という生活が続き、ほとんど家庭内別居状態だったのだ。子供心に、というか子供だからこそ、父が僕たち子供に興味がないのだろうということは察しがついていた。父にとっては育児全般が、「仕事の時間を削ってくる余計な義務」だったのだろう。

　そんな父だったから、十年前、出ていくと決めた時、僕は「これで母が少しでも明るくなれば」としか思わなかったのだ。弟がどう感じていたかは分からないが、小さい頃は時折遊んでもらっていた僕よりさらに思い出がないはずだから、ただきょとんとして僕の顔色を窺い「自分はどういう反応をすればいいか」と探っていただけに見えた。

　とはいえ、それでも一応親族である。七年前に行方不明になった時は何事かと思ったし、今回、失踪宣告の制度によって形式上「死亡」したものとされたので、伯母が整理し保存してくれていた父の部屋を、一度訪ねてみようとは思ったのだ。おそらく世界で一番父の死を悲しんでいるのは父の姉である伯母で、伯母は父が行方不明になってから七年間、父が一人で住んでいたこのアパートの家賃を払い続け、父がいつ帰ってきてもいいようにと、毎週訪れては掃除をしていたらしい。七年間と簡単に言うが、これはとても大変なことだ。

　だがその伯母も、七年間も音沙汰なしとなればもう、父は死んだものと諦めがついたらしい。この部屋は来月引き払うから、その前に遺品を見て、何か持って帰りたいものがあったら持って帰りなさい、と言われ、僕は伯母から鍵を預かってきた。特に思い当たるものはなかったが、せっかくの伯母の厚意に「いえ、何もないんで」などと返すことはできず、ここに来たわけだが。

さして暑くない曇りの日とはいえ、七月である。父の部屋には長い間停止した空間特有の埃(ほこり)っぽい生暖かさが充満しており、キッチンに上がると僕はまず、シンクの上に伯母が置いていってくれたリモコンを取ってエアコンをつけなくてはならなかった。その間に弟はさっさと引き戸を開けて奥の部屋に入っている。続いて入ると、ほとんど見回すこともなく壁際の本棚をさっと確かめ、それからその横のパソコンを起動する。起動に時間がかかると見るやデスクに収まっているキャビネットの引き出しを漁り始めた。あまりに遠慮がなく、警察のガサ入れというか物色する泥棒のようだ。

「おい友樹(ともき)、少しは……」

声をかけたところで弟の手が止まった。「……あった」

弟は一番上の引き出しに入っていたペンや印鑑ケースといったものをまとめて取り出して机の上にがしゃりと積むと、引き出しの底板を指でとんとんとつついた。

「……何があったって?」

「俺もこないだ思い出したんだ。そういえば、この可能性があった、って」弟は底板を指さす。「兄貴、覚えてないか。親父が昔、教えてくれただろう。こういうの」

弟は机の上に出したボールペンのキャップを外すと、先端を底板の隅に差し入れて起こした。するとてこの原理で底板全体が浮き上がり、中に同じ色をしたもう一枚の底板が現れた。

「……二重底」

うんと昔の、僕たちがほんの子供の頃だ。ほんのいくつかしかない父親の思い出の一つがこれだった。母には秘密だ、と悪戯（いたずら）っぽく笑い、自分のパソコンデスクを見せ、引き出しが二重底になっていることを教えてくれたのである。

「……こっちでもやってたのか」

「警察の人たちは見つけられなかっただろう。ただの失踪じゃ、たいして調べもしなかっただろうからな」

弟が二重底の引き出しから出したのは、古い大学ノートだった。表紙には「6.11～」という日付のみがある。

「それ……」日記だろうか。「ちょっと待った。勝手に見ていいかどうか」

二重底にして隠すほどのものだ。父のプライベートなことが載っているのではないか。

「親父は一人暮らしだったんだ。恥ずかしい日記だの自作のポエムだのなら、こうまでして隠さねえよ。隠すとすれば、自分に何かあったあとですら発見されたらまずいような何かだろ。親父の仕事なら、たとえば公開できない捜査情報とか」

弟は全く躊躇（ためら）う様子もなくノートを開く。言われてみればそうだ。警察官、それも捜査一係だった父には、他人には絶対に話せないこともある。一方で父は考え事をする際、問題点や頭に浮かんだことをノートに書き出す癖があった。その二つの折り合いをつけるとしたら、こういう方法になるのかもしれない。

「これを探してたんだよ。こういうのを」弟は表紙の文字を指で示す。「見ろよ。『いつから』の日付があるのに『いつまで』の日付がない。つまり親父が行方不明になる直前までつけてた記録だ。たぶん死んだ時に担当してた事件も載ってる」

弟はノートのページをめくる。中ほどを開き、白紙だったので最初のページに戻り、そこから手早く一枚ずつ。

迷いのないその手つきを見て、僕は、特に父親のことに興味がなさそうだった弟がなぜ今日、ここに来たのかを理解した。こいつは僕と違い、明確な目的があって来た。探していたのだ。父親の不可解な「失踪」。その真相のヒントになるものを。

父である灰谷秀一（はいたにしゅういち）は「失踪」当時、都内の警察署の刑事課捜査一係にいた。殺人、強盗などの凶悪犯罪を捜査する部署だ。伯母からそれを聞き、危険な仕事なのではないかと心配はしていたが、その不安は結局、的中してしまった。

父はある日、仕事でどこかに出かけたきり戻らなかった。携帯もつながらないままだったという。あとで分かったことだが、コンビを組んでいた本庁の刑事も同時に消息不明になっている。

そしてその翌日、奇妙な事件が起こった。世間一般には「久賀和里村人体大量発見事件」と呼ばれているものだ。

日付は覚えているし、ネットで検索すればすぐに出てくる。七月九日だ。この日の朝、北関東の山間にある久賀和里村のはずれを走る山道を車で移動中の男性が、道端に人間の脚のようなものが落ちているのを発見した。驚いてよく見ようと車を降りると、道端には血のついた脚だけでなく、人間の手首から先や、膝下から爪先までの部分など、人体の一部が複数散らばっていた。いずれも新しく、周囲の地面には多量の血痕もあった。

男性は驚き、急いで一一〇番をした。男性は「これはきっと熊に襲われたのだろうと思った」と証言しているが、警察の捜査の結果、奇妙なことが分かる。男性が最初に見つけた脚は六、七十代の男性のものだった。しかし一緒に落ちていた手首は四十代の女性とみられるもので、足は七十代以上の女性のものだという。現場から発見された人体の一部は指先、耳、上腕部など合計四十個以上になったが、あるものは三、四十代のものなのに別のものは六十代以上のものであったり、特徴が一致しないのである。周囲には持ち物とみられる物品も散乱していたが、発見されたリュックサックは女ものなのに、衣類の一部は男ものであったりした。警察は少なくとも五人分以上の人体であると見当をつけ、死体や遺留品から、「被害者」は山歩きの最中だったと推測したが、遺留品の中にはワイシャツの袖口部分とネクタイの一部も交じっており、彼らがどういう状況で死亡したのか不明だった。

だが後日、そのネクタイと革靴が、前日から連絡のとれていない父のものだと判明したのである。

大量に発見された人体のうち、父のものは中指の第二関節から先とみられる部分一つだけで、他の人体も頭部や体幹部が発見されなかったため、公式には「死亡している」とは断定されなかった。だが現場にできていた血痕の大きさや、発見された体の一部がいずれも前日昼以降連絡のとれていない人間のものだと判明すると、彼らは全員、死亡しているものと推測された。

問題は、彼らに何があったのかである。なぜ死体の大部分が発見されないままなのか。山歩きの三人と、突然連絡のつかなくなった警視庁の警察官がなぜ一緒に、バラバラ死体になって発見されたのか。不可解な状況に対して様々な憶測がされ、とりわけ、消息不明になっていた相棒の刑事の捜索が全力で進められたらしい。だがその刑事は結局、行方不明のままで、真相は不明。事件は「久賀和里村人体大量発見事件」のままだった。

当時は僕にもわけがわからなかったし、まだ父は生きているのではないかと思いもした。そして言いにくいことだが、父が何か事件に関与しているのではないかと考えもしたのだ。対して弟は、事件のことをほとんど口にしなかった。考えないことにしたのかと思っていたが。

「兄貴、おかしいと思ってただろ？　当時だって。『久賀和里村人体大量発見事件』」

　弟はノートのページをめくりながら言う。僕は頷（うなず）くしかなかった。そう。考えても仕方がない、と自分に言い聞かせていただけで、僕も当時は疑問に思っていた。最低でも四人もの人間が突然死亡し、死体がばらばらにされた。警察も発見した男性と同じく、熊に襲われた可能性を考えていたようだが、周囲の地面からは動物の唾液などは一切出なかったというし、そもそも熊が、同じ場所で四人もの人間を一度に襲って殺し、死体の大部分を持ち去ったり食べたりするなどということはありえないのだ。だが一方で、行方不明になった相棒の刑事が一人でそんなことをできたとも思えない。では父は何に遭ったのか。

「兄貴には言ってなかったけどな。前、親父の同僚の人から聞いたんだ。親父は行方不明になるあの日、なぜか拳銃を持ち出していた」弟はノートをめくっている。「当時、親父が担当していたのは『王子北マンション女子大生殺害事件』だ。殺人事件だけど、とりたてて大事件というわけじゃなかったし、もちろん、拳銃が必要になるような状況でもなかったはずだ。もしそうなら、捜査本部の全員が拳銃を持ってるはずだからな」

父が「失踪」当時担当していた事件名までは知らなかった。弟は僕には何も言わず、一人で調べていたらしい。

「じゃあ、なぜ親父は、周囲の誰にも相談しないで、いきなり拳銃なんか持ち出したんだと思う？　親父はただの所轄のいち捜査員で、拳銃が必要になるようなヤバい奴に一人で立ち向かうような状況になるはずがないのに」

僕は考えた。なぜ父は、誰にも相談できなかったのか。相談できないような事情があったとすれば。

「まさか……その、同時に行方不明になってる同僚の刑事が何か？　それがばれると不祥事になるから、独断で片付けようとした、とか」

「俺もそう思ったんだけどな。どうも違う気がする。もし真相がそれなら、警察がもっと慌ててると思う」弟はページをめくる指を止めた。「あった。『王子北マンション女子大生殺害事件』。発生したのは七月五日。親父は発生直後から関わってたのか。でも……」

弟は急に黙りこんだ。

「どうした？」

「……いや」弟はノートのページを指さした。「あんまり具体的な記録じゃないんだ。覚え書きみたいなメモなんだけど。ただ……」

「何だ？」

弟は再びノートに視線を落とした。喉の動きで、唾を飲み込んだのが分かった。

「……何だ？　これ」

「……何か、変なことが書いてあるのか？」

「変っていうか……」

弟からノートを借りて開く。七月五日。かすかに記憶にある父の字だ。本人の性格を表しているような、自分さえ読めればいい、という感じでただ速く書いただけの字。いつもの父の字。だが、そこには不可解なことが書いてあった。

7月5日
AM8：15。王子北で事件発生の報。たまたま付近にいたため急行する。マンションの外廊下で女性の死体が発見されたという。
現場は九階建てのマンション「セピア王子」の八階外廊下。エレベーターは封鎖されていたため階段で上がる。周囲に高い建物がなく眺望は良好。
現着時、現場封鎖済み。近隣PBより制服三名、機動捜査隊二名が先着していた。鑑識はまだ。階段を上がりきってすぐのところから反対側のエレベーター前まで。外廊下のほぼ半分が封鎖されており、広すぎるのではないかと思ったが、封鎖区域内の床及び廊下に、広範囲に複数の血痕がこびりついていた。この時点では、負傷しながら逃げようとした被害者が犯人に追いつかれて殺害された、という印象だった。

死体を見分し、事件の印象が変わった。若い女性だということは辛うじて分かったが、通常ありえないほど損傷が激しかった。脇腹が大きくえぐれて内臓がこぼれ出ており、両腕と両脚はばらばらの方向に折られ、首が折られてありえない方向に曲がっていた。胸部と足の向きが不自然だと思ったが、腰のあたりから捻られ、上半身だけが百八十度回転していた。死体は引きずられたらしく、周囲の床には多量の血痕と、それがこすれて広がった跡があった。

殺人事件の捜査は何度も経験があるが、こんな死体は見たことがない。凶器は全く分からず、交番の勤務員はすでに嘔吐したらしかった。

死体を見てしばらくの間は頭が働かなかった。これは本当に殺人事件なのだろうか。外廊下は高さこそあるものの誰でも侵入が可能だが、物盗りではないようだ。だが怨恨だとしても、これほどまでに死体を損壊するだろうか。そもそも被害者がどんなふうに殺されたのか、全く想像がつかなかった。鈍器で頭蓋骨が潰れるまで殴るとか、胸部をずたずたになるまで刺すとか、そういった死体は時折出る。だがこんな死体はない。すさまじい力で腰から捻られ、引きちぎられかけている。どうすればこんな死体ができるのか、全く分からない。機動捜査隊の二名も混乱していた。

また、現場周辺を見ると、五メートルほど離れた壁面に腸の一部がこびりついていた。血が激しく飛び散っており、肉片らしきものが壁に張りついている。明らかに、腸の一部がこの壁に叩きつけられた跡だった。また頭上を見ると、不可解なことに、天井に血が飛び散った跡があった。血の跡は死体の周囲まで続いていた。

それを見て、正直なところ、わけがわからなくなった。五メートル離れた位置に叩きつけられた腸の一部と、天井と床、壁に点々と飛び散った血痕。だが床には死体を引きずったような跡はない。それらから考えると、結論として、被害者は五メートルほど飛ばされて現在の位置に落ちたということになる。これはどういうことなのか。他の捜査員も首を捻っていた。

機動捜査隊の応援で周囲の聞き込み。八階の住人によると、昨夜遅く、女性の悲鳴と、重そうな何かが強く叩きつけられるような音を聞いたという。被害者は四階に住む女子大生だと判明したが、八階に知り合い等は一人もおらず、なぜ死亡時、八階にいたのか不明。

管理人から防犯カメラに残された映像の提供を受け、管理人室に移動して確認する。

だが八階外廊下のカメラはなぜか故障していた。

一方、四階外廊下のカメラには被害者の映像が残っており、死亡推定時刻は四日P

M11:37頃と判明。被害者は死亡する直前、エレベーターで四階に昇り、外廊下を自宅のドアに向かって歩いていく姿が映っていた。この時から周囲を窺うようなそぶりを見せ、ドアの前で背後を振り返ったりしている。そしてドアを開けようとした直後、何かを見つけた様子で急に慌て始め、突然駆け出し、まだ四階に止まっていたエレベーターに飛び込んでいる。その後、このカメラに犯人の姿が映っているのではないかと期待したが、何も映っていなかった。

続いてエレベーター内の防犯カメラを確認したが、そこに不可解な映像が残っていた。夜間。時計はPM11:37と表示されている。ドアが開き、被害者が飛び込んできた。被害者は何かをひどく恐れている様子で、ドアを閉じようとボタンを連打しながらエレベーターの外を窺い、一度はドアから顔を出して外を見回すような仕草をするが、エレベーターの外には何も映っていないのだ。明らかに何かに追われて急いでドアを閉じようとしているのだが、何もいない。被害者は一体何に追いかけられていたのだろうか。

その後、エレベーターは上昇するが、被害者は突然何かに気付いたように階数のボタンを連打し、八階にエレベーターを停める。最上階までまっすぐ行くのを避けたとみられ、何者かが階段で被害者を追いかけてくるかもしれないと考えたようなのだが、位置的に、エレベーターの中からでは階段は見えないはずだった。

結局、犯人の姿はどのカメラにも映っておらず、何かに追いかけられてひどく怯える被害者の姿だけが残っていた。

死ぬ直前の被害者の不可解な行動。何があったのだろうか。

全く関係ないことではあるが、マンションにいる間、どこかから何かに見られているような感覚があった。

夕、捜査本部が立ち、捜査一課関内巡査部長と組み、鑑捜査にあたる。収穫はなし。


弟はこのページを開いたまま動かなかった。どうしたのだろうと思ったが、どうやら隣から覗き込んでいた僕が読み終わるのを待っていたようだった。

「友樹」

呼ぶと、弟は窺うようにこちらを見た。

「……兄貴。これ、どういうことだと思う?」

これだけでは何も分からない。僕は無言で首を振った。ただ、父が最後に担当していたこの事件は、どうも通常の事件とは違うものだったらしい。

促すと、弟はページをめくった。

7月6日

関内巡査部長と共に鑑捜査。被害者は都内の大学に通う女子大生。塚田優花（つかだ　ゆうか）。二十歳。それまでの交友関係に特記事項なし。だが今週のアルバイトは休んでいた。一昨日と昨日は大学にも来ていなかったという。

アルバイト先のファミリーレストランから証言。塚田優花は先週の金曜に出勤したのが最後だが、この時、何かに怯えたような様子だったという。フロアに出ることに怯えていたのではなく、窓の外を窺うようにしており、その日は風が強かったが、風で厨房の窓ガラスが揺れるたびに怖がっていたらしい。その同僚は何かあったのかと訊いたが、ただ首を振って「何もない」と言うだけだったという。

夜の会議で、大学の方に行っていた班が同様の証言を得たと報告。先週あたりから時折、屋外にいる時、周囲を気にして見回すような行動がみられたという。友人の一人が心配して尋ねたが、「何でもない」と言うだけだったとのこと。

報告では、死亡する一週間以上前から様子が変だったという。塚田優花は何かにつけ狙われていたか、そう思い込んでいた可能性がある。

ただし、人間関係などのトラブルは一切なし。証言からうかがえる塚田優花の性格的にも、強く誰かの恨みを買ったりするものではないように思える。ストーカーかと思ったが、そのような話は周囲から一切出なかった。

塚田優花は一体何につけ狙われていたのか。

捜査中、何かに見られているような感覚があった。

7月7日

携帯電話会社より通話記録の照会結果が来る。塚田優花は通話はほとんどしていなかったようだが、死亡する一週間前に、突然山形の祖父に電話している。端末が使われ始めた二年前まで遡っても、電話、メール共に一度もやりとりがなかったにもかかわらず、その翌日にももう一度電話している。

この祖父、塚田喜一郎（つかだ　きいちろう）に何かある気がする。出張許可を取り、関内さんと山形に向かう。

PM3：30頃、山形市内の塚田喜一郎宅に到着。結論。事件に関与してはいない。だが何か気になる。

塚田喜一郎宅は古い戸建て。妻は四年前に他界。以後独居。生活に困っていた様子はなし。犯罪または反社会的組織に関わっていた様子もなし。不審な点はない。塚田優花とは数年間会っていないという。なぜ電話が来たのか、電話で何を話したのかと訊くと、昔の……の話をした、と答えた。方言なのかはっきり聞き取れなかったが「クガワリ」と聞こえた。検索してみたがこの地方の方言にそれらしいものは該当なし。

だが妙だった。関内さんは塚田喜一郎が「クガワリ」と言った時、知っているかのように「ああ、クガワリ」と応じた。後で聞いたら「私も知りません」との答えだったが、知っているかのようだった。

塚田喜一郎は事件の背景に心当たりはないという。ただ、気になることを言っていた。塚田喜一郎は二十年ほど前、妻と一緒に廃村や廃線を訪ね歩く旅を趣味にしていたという。その時に面白半分で「入ってはいけない場所」に入ったことをしきりに悔やんでいた。「クガワリ」という単語はその時に出てきたもので、塚田喜一郎は「クガワリだったのかもしれない」と言っていたが、それが何なのかは分からなかった。本件に直接関係のないことだと思っていたのでそこを問い質したりはしなかったが、もう少しよく聞いておけばよかったかもしれない。孫が殺された事件の話をしているのに、塚田喜一郎はなぜ無関係のはずの、二十年も前の「入ってはいけない場所」に入ったことを何度も口にし、あんなに悔やんでいたのか。

関内さんの様子がおかしい。何か一人で納得した様子で独り言を言っている。「クガワリですから」と確かに言っていた。

塚田喜一郎の話が妙に気になる。二十年前のことが本件に、しかもほとんど会っていない東京在住の孫の殺害に関係しているとは思えないが、新幹線を待つ間、電話をかけ、一応、その時の「入ってはいけない場所」については聞いてきた。北関東の山間に「久賀和里村」という村があるらしい。「クガワリ」とはここのことを指すはずだが、塚田喜一郎の話しぶりと関内さんの様子が、何かしっくりとこない。だが明日、許可が出れば久賀和里村に行ってみようと思う。
だが何か胸騒ぎがする。帰りの新幹線の中でも、何かに見られていた気がした。車両内を確認したが、不審な人物やカメラなどはなかった。車両の外をついてきているような気がする。関内さんの様子がおかしい。

7月8日
久賀和里村に行く許可は出た。赤羽駅前で関内さんを拾って車で直接行くことにした。だが何かおかしい。嫌な予感がする。こんな感覚は初めてだ。何か危険な気がする。見られている気がする。
やはり拳銃を持っていこうと思う。気のせいだとは思う。だが何か妙だ。電話をした。関内さんの様子がおかしい。行って大丈夫なのか？
ノートの記述はそこで終わっていた。だが左のページの端の方に、急いで書いたとみられる走り書きのようなものがあった。

「クガワリ」検索なし。「久賀和里村」当て字？　元の字？　地域性？

次のページは白紙だった。次も、その次も。ノートはここまでだ。当然だった。父に連絡を取れなくなったのはこの日の夜からなのだ。

弟がノートのページを遡り、また読んでめくり、そして閉じた。僕を見たが、何をどう言うべきか迷っているようだった。

「……久賀和里村、か？」

僕が言うと、弟は頷いた。「まあ、クガワリだからな」

その言い方が気になったが、とにかく、ここまで分かったのなら久賀和里村まで行ってみなくては収まらなかった。「失踪」する直前、父は何か、通常とは違う事件を捜査していた。やはりそれが「失踪」の原因だ。携帯で検索すると、久賀和里村は五年ほど前に最後の住人が移住し、今では廃村「旧久賀和里村」になっているらしい。だが地図で見ると道はまだ残っており、車で行けそうだった。

父のノートを警察に届けるべきかどうか、少し迷った。だが今さら届けたところで何かの役に立つわけではないだろうし、むしろ父が、公開禁止の情報を勝手に書き留めていたことが問題にされるかもしれない。父自身もそう思って、わざわざ二重底の下に隠しておいたのだ。おそらくは、もし自分に何かあって家に帰れなくなっても、調査のために訪れた人間が簡単にノートを見つけたりしないように。

であれば、このノートは僕たちだけの秘密にするべきだった。弟とそのことを確認しあい、明日の日曜日、僕の車で旧久賀和里村に行くことを決め、僕たちは父の部屋を出た。

日が低くなりかけており、風が少し涼しかった。僕の自宅の近所ではまだ鳴いていないヒグラシが、カナカナカナと弱々しく夕刻の訪れを告げている。

何か視線を感じた。見られている気がする。

周囲を見回したが、路地には人どころか猫の一匹もいなかった。道端に並ぶ植木鉢。剝げかけたアパートの外壁。下の方に灰色の染みをつけた電柱。路上からも、周囲の建物からも、こちらを見ているものはない。

気のせいだ。

そのはずだった。だが駅に着き、弟と別れるまでその感覚は続いた。

翌日は嫌な天気だった。

七月下旬のわりに暑くはなかったが、そのかわりに梅雨がまだ残っているような湿っぽい空気だった。天気予報では雨にはならないとのことだったが、白い雲と灰色の雲が重なりあって空を覆い、低いところにある灰色の雲は急いでいるように速く、形を変えながら流れていた。そのくせ地上では風が無風に近く、しかし時々、思い出したようにびゅう、とひと吹きだけ突風が来たりする。何かちぐはぐで、箱の蓋(ふた)がきちんと閉まらないような、落ち着かない気分になる。

下井草(しもいぐさ)のアパートで弟を拾い、そこから関越自動車道に乗って北上する。旧久賀和里村は廃村になっているためかカーナビの目的地検索に全く引っかからなかったので、携帯で地図を調べて近くを通る県道を目的地に設定している。関越道は所沢周辺で少し混雑した程度で、運転は快適にできた。助手席の弟はほぼずっと携帯を見ていて、会話はほとんどなかったが、それで別に気にならないのが兄弟のいいところだと思う。僕はカーステレオやテレビをつけながら運転する習慣がないので、車内は静かだった。カーナビも所沢手前で「一キロ先、渋滞が発生しています」と言ったきり沈黙している。

だが、静かになると、かえってはっきり感じた。

何かに見られている気がする。

朝、自宅を出てすぐの瞬間から、ふとした時にそう感じる、という状態が続いていた。下道を走っている時はそうでもなかったのだが、関越道に乗って運転操作が少なくなると、その感覚がはっきり立ち現れてきた。雑音が消えると耳鳴りが始まるように。

「……あのさ、変なこと訊くけど」

「ん」

「なんか、見られてるような感覚、ない？」

弟は携帯から顔を上げ、後部座席を振り返り、サイドウインドウ越しにバックミラーを見て、また座席に背中を預けた。「……さあ。何もないだろ」

「……そうか」

「まあクガワリだから。車で向かってるしまだ関越道で、混んでもいないからつきのかえりはないけど、まっすぐ久賀和里に向かってるっていう状況は気になって当然だろ」

一瞬、弟が何を言ったのか分からなかった。弟はどうやら、当然だ、というようなことを言ったらしく、もう携帯に視線を戻してしまっている。だが意味が分からなかった。文法的には何もおかしなところはないはずだが、二つ三つ、知らない単語が交じっていた気がする。

だが、弟自身は何も疑問に思っていない様子で携帯の画面をスワイプしている。弟は何かを分かっている様子だった。どういうことなのだろうか。

訊き返そうかと思ったが、どう訊き返せばいいのか分からなかった。それにとにかく質問に関してはノーという答えのようだ。

急に横風が吹き、ハンドルをとられそうになって意識を運転に戻す。見られている感覚はさらにはっきり、強くなっていた。うなじのあたりに、そこだけ濃く固まった空気が乗っているような感覚がある。不意に理解した。ただ見られているのではなく、ついてきているのだ。距離もなんとなく分かる。車の外。右斜め後ろ上方。

ちょうど前方にゆっくり走るトラックが来たので、アクセルを踏んで車線変更した。右へ避ける。加速する。左へ戻る。

だが、ついてきている感覚はそのままだった。奇妙なことに、加速しても減速しても、ぴったり同じ位置についてきている気がする。低いところの月がついてくるように。そして思い出した。


見られている気がする。


父のメモには繰り返しその記述があった。

胸騒ぎがした。何か悪いことが起こる気がする。

予想した通り、旧久賀和里村に近付くにつれて運転に神経が要るようになった。もともと山道であった県道は最後の集落を過ぎると一車線になり、左右に激しくカーブし、カーブミラーが錆びて使い物にならなかったり路肩のガードレールがひしゃげて頼りなかったりして、ハンドル操作を誤ると崖下に転げ落ちそうだった。舗装も悪く、道の中央付近はアスファルトを突き破って雑草が伸びており、車の腹を叩く。路面にひびや穴がたくさんある。山を越えて他県に行くなら高速も国道も整備されており、こんな道に来る方が悪い、と言われているようだった。対向車が全くないのが救いである。

片側は斜面で背の高い樹木が鬱蒼（うっそう）と茂り崖下が見えない。反対側も斜面でやはり背の高い木々が茂り、上の方が見えない。斜面の木が覆い被さるように枝を伸ばしてきていて道がトンネル状になるため薄暗く、また開けた場所がなく、森の中をただ一本の綻びた山道が延々と続くだけなので、自分がどこまで来たのか、あとどれくらい進めばいいのかが分からなくなる。カーナビも左右にのたくる一本道を表示するだけで周囲には何一つヒントがない。右に左にハンドルを切り、本当にこんな山の奥に村があったのだろうか、と首をかしげる。村の人は一体どうやって外部とやりとりをし、生活をしていたのだろうか。

「……古い地域らしいな」

助手席で携帯を操作している弟が、画面を見たまま言う。「……なんでクガワリなんだ？　これ」

「何が？」

「いや、検索してたんだけど。クママリってあるだろ。キャラの。あれの元ネタが『クガワリ』っていう噂があるらしい」

「クママリ」そのキャラクターは僕も知っているが。「元ネタってどういうことだ？　クママリに似てるとか？　つまりクガワリってああいう動物のことなのか？」

イメージが湧かない。それに山奥の廃村の名前と人気の可愛いキャラクターがなぜつながるのだろうか。

だが、そのあたりは弟にも分からないらしい。弟は沈黙し、それから携帯をしまって身を乗り出した。「そこだ。そこで停めて」

強い声で言われたので少し驚きながら、道幅がわずかでも広くなっているところを見つけて車を斜面ぎりぎりまで寄せる。助手席のドアが開くか心配だったが、弟は細く開けたドアからするりと路上に出た。

山の上ゆえか、日差しが入らないせいか、外は意外なほど肌寒かった。これなら車のエアコンもいらないほどだ。斜面の上から下から、蟬の声が混ざりあって響いてくるが、それもなんだか投げやりな鳴き方に聞こえ、あまり暑さを感じさせない。

「友樹」

「このあたりだ。さすがにもう残ってないけど」

弟が指さす斜面には何もない。それまでと同じようにガードレールが続き、そこからも同じようにガードレールが続いているだけだ。だが弟が指さす、枯れ葉が敷き詰められ細い木の幹がひしめき合うように密集するその場所が、何の場所であるかは僕にもすぐに分かった。

「……そこか。よく分かったな」

「さんざんニュース画像、見たからな。ストリートビューで探したし」

弟がガードレールをまたいで斜面に踏み出す。僕も、前後から車が来ないのを確認してそれに続いた。もちろんもう痕跡は残っていない。だが、父を含め「少なくとも五人分以上」の人体の一部が発見された「久賀和里村人体大量発見事件」の現場はここなのだ。

足下の、何もない地面を見る。枯れ葉の隙間から雑草が伸びているだけだ。虫の一匹も見えなかった。

ここで、父に何があったのか。

隣を見ると、弟が地面に向かって手を合わせていた。僕もそうした。父はもう生きてはいない。どんな最期だったのだろう。それが分からない。だが、恐ろしい目に遭ったのではないかという気がしていた。ひゅっ、と風が吹き、飛んだ枯れ葉が靴の上に載った。

「もう少し行くと左に脇道があるはずだ。そこを上れば旧久賀和里村のはずだ」

弟の声がしたので目を開けると、弟は坂の先を指さしていた。僕が目を閉じていたことに気付いていなかったらしい。僕が見ると下げた手をまた上げ、あらためて坂の上を指さす。

「もう少しだったのか」

「たぶんだけど、チェーンとかで閉鎖されていなければ村の中まで車で入れると思う」

「よし」

「……おかしいと思わないか?」

弟はこちらを見ていた。

「……何が?」

「何が、じゃないだろ。親父は村まで車で行ったんだぞ。その車はどこだ?」弟は周囲をぐるりと見る。「ここから村までは七、八百メートルはある。どうして親父は徒歩でここまで下りてきたんだ?」

弟が指さした方を見るが、旧久賀和里村の様子はここからでは見えない。だが斜面は険しく、一緒に死んでいた人たちのように山歩きにきたならともかく、スーツに革靴で歩きたいと思うような場所ではない。

父に何かがあったのだ。何か異常なことが。

ざあっ、という音が遠くからした。崖下の方の木が揺れていた。風の音がこちらに向かってきて、木の揺れが急速に近付いてくる。目を細めた瞬間、突風に体が押された。周囲の木が激しくしなる。舞い上がったごみがちりちりと顔に当たる。シャツと髪がはためく感触がある。風はあっという間に離れていき、木々がざわめく音が遠ざかる。目を開けると、路上に吹き上げられた枯れ葉が風の残滓（ざんし）に弄ばれて同じ場所をくるくる回転していた。

何か不自然な気がした。今の風は何だ。

ただの風だ、とは思う。だが、そういえば、それまでの風とは反対側から吹いた。一陣だけ逆に吹く風。……まるで何かが頭上を通り過ぎたような。

「危ねえな。風でふらついて落ちそうだ」弟が言い、ガードレールを飛び越えて道路に戻る。「行こう。近いクガワリはこれでも村の前までだけど、二人だから間違いなくつくはずだし、クガワリも上は下がるから昨日のままだし」

そう言って車の方に歩いていく。僕は一拍遅れて弟の言葉を反芻（はんすう）し、一体何を言っているのかと思った。そういえば、弟は車の中でもおかしなことを言っていなかっただろうか。

　視線を感じて上を見た。斜面の木々。それに遮られてむこうまで見えない。だが、頭の上。近くはないが遠くもない、あのくらいの距離に何かがいる気がする。あのあたりに。

「兄貴。行こうぜ」

　車のドアを開けて弟が呼んでくる。弟は何も感じていないのだろうか。いるのに。だが、弟がこちらを見ている。僕もとにかくこの場を離れたいと思い、車に乗った。


　油蟬が一匹だけ鳴いている。空調の音のような一定の、ジー……という音がする。それ以外は驚くほど音がなかった。もっと蟬時雨とか鳥の声とか、そういったもので賑やかだと思っていた。少なくとも僕の記憶にある山奥の音響はそれだったのだが。山奥の森の狭間。斜面と斜面の間、ほんのわずかずつの平らな場所に詰め込むように家が建てられている。完全に木の狭間に埋もれている家もあるし、田畑も崖下に申し訳程度にあるだけで、どうやってそこまで行き来するのか分からない。広場らしい広場もなく、それどころか平らな場所がほとんどない。どの家も急斜面を上るか崖を下るかしないと入れず、隣の家を下から見上げ、逆隣の家の屋根を見下ろすような構造の集落だった。よくぞこんな場所に村を作ろうと試みたものだと思う。だからこそ廃村になったのだろうが。

その構造もあって、旧久賀和里村は立体的な迷宮のようだった。僕と弟は村の入口で車を降りた。村の中は傾斜がきつすぎ、そもそも幅の広い道がないので、無理に車で入ると路肩を外れて車ごと転落しかねない。村の中がどうなっているかも分からないから、転回するスペースなどまずないこの村で、もし行き止まりになったらバックで入口まで戻らなくてはならない、この狭さでそれは危険すぎた。

廃村という言葉から、僕はもっと朽ちた村を想像していた。だが実際には、朽ちた村、というより、静止した村、の方が近かった。放射能汚染で住民が避難した村の映像を動画サイトで見たことがある。それを思い出した。物だけが残され、何もいない。時が動いているのかどうかを知る手がかりがない。そんな感じだった。

弟と共に落ち葉を踏みしめ、雑草をかき分け、無言で斜面を上り、下りる。

廃村になって五年ということだったが、旧久賀和里村はまだらに朽ちていた。電線がつながり、住人がまだいるのではないかと思えるような普通の廃屋がある一方で、壁が朽ち、屋根の重みで崩れかかって地面に沈み込もうとするような状態の廃屋もある。斜面の上に戸板の外れかかった家が見えると思ったら、崖下方向にはすでに倒壊し、木材と瓦、ひとかたまりの廃材になってしまっているものが見える。家ごとに放棄された時期が違うのだ。十数年前に住人がいなくなり、しかし近隣住民は朽ちていくのをどうしようもないまま放置していた、という家が多いのだろう。

足下は硬かったり柔らかかったりした。道のうちいくらかは割れ目から雑草が伸びていてもアスファルトの舗装が残っていたが、そうでないところは落ち葉が分厚く積もっていて森の中の地面のようだった。廃屋の多くも戸や壁が朽ちていたが、そうした建物にも隙間から落ち葉が入り込み、腐った壁の木屑と一緒に土間や畳の上に積もっていた。人の手が入らなくなった場所にまず積もるのが落ち葉なのだ。

そうして一軒一軒、廃屋を見て回った。ここに来て何をどう探せばいいのか、正直なところ全く当てがなかったのだ。ただ、間違いなくこの旧久賀和里村に何かがある。

歩きながら、僕はなんともいえない嫌な空気に包まれていた。

相変わらず、見られている感覚はあった。今は、斜面の上の方だ。どこなのかと訊かれるとはっきりとは言葉にできないが、そこにいる、という存在感はくっきりしていた。

そして、村全体の静止した空気が嫌だった。ここの空気は何かおかしい。地形のせいで風が溜まる場所なのか、村に入る前と空気が違う。湿り気のような重さがあり、空気にうっすらと感触があった。

僕の頭の片隅で、こんなところをうろうろしていてはいけない、という警報がずっと鳴っていた。だがそれより冷静な別の部分が、もう遅い、という現実を認識していた。僕の体はもうすでに、この村の空気を深く吸い込んでしまっている。肺の中がこの空気で満たされてしまっている。つまり、すでに内側からこの空気と同質になってしまっているのだ。僕は子供の頃の泥遊びを思い出した。どうせ全身泥だらけなのだから、急いで帰っても無駄。どうせなら何かを見つけたい。

そう思った時、後ろを歩く弟が「おおい」と声をかけてきた。

振り返ると、弟はずいぶん後ろにいた。立ち止まり、崖下を覗いている。

「どうした？」

「車だ。車がある」

「……何だって？」

住人はいないはずだ、と思いながら斜面を駆け下りる。だがすぐに気付いた。住人の車ではないのだ。「まさか……」

弟は崖下に転がり落ちないようにバランスを取りながら、地面にしゃがんでぎりぎりまで身を乗り出し、下を覗いていた。「間違いない。板橋ナンバーだ。親父の、私物の車だ」

弟の隣から身を乗り出そうとして足下が滑り、慌てて地面から出ている、コンクリートの土台だったものの一部を掴む。木が邪魔だったが、崖下に白い車のボディが見えた。横倒しになっているが、草の隙間から後部のナンバープレートが一部読める。

確かに板橋ナンバーだった。住人の車ではないだろう。

――だとすると。

崖下に滑り降りようとしたが、傾斜が急すぎて無理だった。父の車だ。母と別れたあとに買ったものだろうから見覚えはない。だが東京の地名というだけではっきりしている。やはり父は車でここに来た。だが、なぜ車が落ちているのだろう。

「……ハンドル操作を誤って車を落としたのか？」

空調の音のような一定の、ジー……という音がする。

自分で言っておきながら、それは違う、とすぐに思った。だったらすぐにどこかに連絡しているはずだ。

父の死後、車がずっとここに放置されていた理由なら分かる。父が来た時、この村はすでに廃村寸前だった。この周囲の家が無人だった場合、住民は車が落ちたことにすら気付かなかったかもしれないのだ。だが、そもそもなぜ落ちたのだろう。なぜ父はその時どこにも連絡せず、徒歩で村の外に出たのだろう。

「あの車……」弟が呟いた。「おかしいぞ。なんであんなになってるんだ？」

車はガラスがすべて割れてなくなっていた。転落したのだ。それ自体はおかしくない。だが。

弟が指さしているのが何か、すぐに分かった。車体のドアが大きくへこんでいる。

落ちた衝撃だけでああはならない。明らかに、何か大きなものがぶつかった跡だった。むしろあれが転落の原因だろう。だが。

「……何だ？　あれ」

僕は嫌なことに気付いた。何か、大きな、ものが、す、ごい、力で。


すさまじい力で腰から捻られ、引きちぎられかけている。

結論として、被害者は五メートルほど飛ばされて現在の位置に落ちたということになる。


急に風が鳴った。周囲の木が激しく揺れ、枝が一斉にざわめきのような音をたてる。上の斜面。い、いる。

「友樹」弟の袖を引く。「行こう。早く」

弟を立ち上がらせる。風が上の斜面を渡っていく。気付いていた。あれは風ではない。上の斜面の木だけが揺れて、こちらの空気は全く動いていない。

だとすれば、ここにいてはいけない。「とにかく、どこか……」

「ん。ああ」弟はなぜか、ひどく鈍重に立ち上がった。「くだるクガワリが上の方だから、歩いてもあまり意味がないだろ。クガワリのこういうのは、親父だって意味がなかったはずで」

「友樹」

明らかに様子が変だった。そういえば、さっきから時々こうなっていた。

関内さんの様子がおかしい。

もっと早く気付いていればよかったと後悔しながら、僕は弟の袖を引っぱって斜面を下りる。「出よう。何かヤバい」

「いや、兄貴。車は」

上の斜面で木がざわざわと鳴り、その音が離れていく。どこか遠くで、がしゃん、と何かが割れる音がした。さっきまで動かなかったはずの空気がざわつき始めている。村中の空気が一斉に同じ反応をしているのが分かり、もう遅い、という奇妙な諦念が脳裏をよぎる。取り囲まれている。決定している。

柔らかい斜面を、なかなか速く走ろうとしない弟を引っぱりながら駆け下り、何度も足がもつれそうになった。弟も言いかけていたが、僕にも分かっていた。車までは遠い。戻っている暇はない。上の方で木々がざわめいている。

周囲の木々がざわめいている。ここはまずい。広すぎる。まる見えだ。

僕は左側の石垣の下に、戸板が朽ちて倒れた廃屋を見つけた。あれはまだ比較的頑丈だ。「友樹。行こう」

弟を引っぱりながら石垣を駆け下りる。駆け下りたところで手が離れてしまったが、後ろを振り返る暇がなかった。土足のまま廃屋の土間に飛び込み、畳の居間に上がる。外で突風が吹き、ばたん、とどこかで何か大きなものが倒れた。

薄暗く埃っぽい空気の中で、自分の荒い呼吸が聞こえる。

「友樹」

振り返ると、弟はちゃんと歩いてはいた。ぼんやりとした顔で、近所を散歩するような普通の歩き方で廃屋に入ってくる。開きっ放しの戸口から見える外の林が揺れている。

来ている。外に。

僕は周囲を見回した。半分朽ちかけてはいるが雨戸が閉まっており、居間の中は戸口と、壁の隙間から差し込む光だけで薄暗い。周囲の壁がまだ残っていることは、僕をわずかに安心させた。どうする。何かないか。何を探せばいいのか分からないまま、僕は周囲を見回す。

壁際に一足の靴が置いてあった。畳の上に、なぜか革靴だ。あまりの違和感に、僕はほとんど確信してそれに駆け寄り、しゃがんで片方をつまみ上げる。成人の靴。だがサイズに見覚えがある。二十六・五センチ。このサイズは覚えている。

「……親父の？」

それしか考えられない。父はここにいた。

周囲ではまだ風が吹いていた。ぐるぐると吹く向きを変え、時折、戸口から吹き込んで落ち葉を舞わせる。突然、理解した。父は死の直前、ここに逃げ込んだのだ。車がやられて崖下に落ち、間一髪で脱出して、父はここに駆け込んだ。そしておそらく、再び襲われた。靴を履く暇もなく走り、村の外まで駆け下りた。そこで山登り中の一団に遭った。助けを求めたのか、あるいは危険を知らせて助けようとしたのか。だが、そのままあの場所で、彼らもろとも殺された。

振り返ると、居間の真ん中にちゃぶ台があり、その上に手帳が置いてあるのが見つかった。傍らにはボールペンも落ちている。僕は腐って不安定に沈む畳を蹴って駆け寄り、手帳を拾った。手が震えて指がうまく動かない。ページを開くと父の字で、走り書きがびっしりとあった。捜査手帳だ。

――最後。最後のページはどこだ？

手帳は走り書きだった。ただでさえ読みにくい父の字が、文字同士がつながったり一部が潰れたりしてさらに読みにくくなっている。だが最後の記述はすぐに見つかった。

最悪の事態になった。最初から分かっていた。これは通常の事件ではない。王子の死体。あれは人間がやったのではない。おそらくはあれと同じものがいる。車がやられた。大きさは分からない。熊ぐらい？　もっと大きい？　全く見えない。目に見えないようだ。

そもそも最初からおかしかった。見られているのは気付いていた。クガワリ。来るべきではなかった。車がない。出られない。たぶんもうすぐ死ぬ。

赤羽駅前で関内さんを拾った時からついてきていた。一定の距離でずっと。上の方？　あそこで逃げていればよかった。いや、あの時点でももう遅かったのか。外にいる。入ってくるだろうか。関内さんはもう無理だ。壁が揺れている。夜になればいなくなるかもしれない。走って逃げるのは無理だ。ここが死に場所になるだろう。せめて分かったことを書いておく。この手帳を拾った誰かが参考にしてくれることを望む。確率は低い。電話ができない。電話をすると、電話の相手とつながる。つながると、相手を嗅ぎつけてそちらに行ってしまうかもしれない。ずっと先のことかもしれないが、ここに書いて置いておく。誰かが見つけて読んでくれることを祈る。

外では風が吹いている。壁ががたがたと揺れている。僕はほとんど息ができないまま、手帳のページをめくっていく。父の文字。死ぬ直前に書いた、歪んだ走り書き。字が潰れ、何度も書き損じてぐしゃぐしゃと消した跡がある。

報告書
王子北のマンション「セピア王子」で七月五日に発生した殺人事件は、人間によるものではない。監視カメラに残っていた通り、この犯人？　人間ではないこれは目に見えない。殺された塚田優花は、殺される一週間ほど前からこれを恐れていた。屋内では外を気にし、屋外では周囲を見回していたのが証拠である。なぜか目に見えない。だがいる。離れたどこかからずっと見ている。塚田優花は何日もこれにつけ狙われ、そのあげくに殺された。次は私が死ぬ。現場に急行した時点で私はすでに見られていた。あれは気のせいではなかった。徐々に近付いてきている。この村に来るべきではなかった。

手帳の字は、最初より丁寧になっていた。後半に行くにつれて文字が丁寧になってきている。父は書きながら必死で自分を抑え、呼吸を整えていたのだろう。一言でもちゃんと情報を残すために。

手の中の手帳の上で、父が死の瞬間に近付いていく。僕は息苦しさを覚えながらページをめくる。


関越道あたり、来る途中からはっきり分かった。ついてきていて、村に入ると危険だった。引き返すべきだった。村はほぼ無人だったが、近くにいるのが分かったので車を降りることができなかった。関内さんの様子がおかしくなっている。前からおかしかった。ドアを開けて降りていってしまった。

そちらの方向にいるのは分かった。風が吹いたが、それとは別に、前方の木々がおかしな揺れ方をしていた。関内さんはそちらに歩いていく。引き留めようと降りた瞬間、車が横からぶつかられて飛んだ。崖から落ちたところまでは見たが、どうなったかは分からない。もう車は使えない。関内さんがおかしくなり、意味の通らないことを言っている。

それから急に風が吹いて、関内さんが死んだ。全く見えなかったが、すさまじい力で空中に持ち上げられ、体ごとねじ切られた。関内さんは両腕両脚を痙攣したように突っ張らせていた。首がねじ曲がり、首の筋肉が浮いて見えた。呻き声をあげており、それが悲鳴になり、叫びながら脚がちぎれて飛んでいった。右だったか左だったか覚えていない。もう片方も続けて、膝から下がちぎれた。血が飛んで、それから右腕の肘から先がありえない方向にねじ曲がった。脚の付け根から血を撒き散らしながら、体が持ち上がって仰向けになった。腰の位置はそのままなのに、上体だけがどんどん反っていって、悲鳴と、何かが切れるぶつりという音がして、腰のところから体がくの字に折れ曲がり、血と内臓が噴き出た。体が二つ折りにされて、尻と後頭部が触れていた。悲鳴がやんで、ねじ曲がっていた右腕がちぎれて、むこうの方向に飛んだ。次の瞬間、関内さんの体はすさまじい速さで一瞬のうちに遠ざかり、林の彼方に消えた。

外で風が吹いている。心臓の鼓動が強くなって痛い。行方不明だった相棒の関内さんは死んでいたのだ。父より先に。

廃屋に逃げ込む。関内さんはもう死んでいた。助けることはできない。私ももうすぐ死ぬ。あれはまだこのあたりにいる。よく分からないが、私が逃げないようにと見張っているような気がする。落ち着かなければならない。だがどうしようもない。応援を呼びたいが、電話ができないらしい。電話をすると相手とつながってしまう。つながったことがばれるとそちらに行ってしまう。私がなんとかしなければならない。夜まで待てば大丈夫だろうか。夜の間に逃げることを考える。だが車がない。走って逃げることはできない。座って拳銃の弾丸を確かめた。だが手がうまく動かない。落ち着くために靴を脱いで畳に座った。このまま襲われても畳の上で死ねる。

僕は気付く。誰に届く当てもない報告書。これは父の遺書だった。いや、届けたら相手の方に行くかもしれない、と父は分かっていた。今の僕も分かっている。どこかに、たとえば東京の伯母や母に電話したら、奴はそれを嗅ぎつけて東京に行きかねない。父のこれは遺書ですらなかった。せめてもの慰めに遺された最期の言葉、辞世の句だ。

父は間違いなく、自分がまもなく死ぬことを知っていた。それでも「報告書」と題し、あとに残る人たちのために情報を送ろうとしたのだ。父は刑事だった。死ぬ瞬間まで。

すぐ外まで来た。もうすぐ死ぬ。

ここからの字はもう走り書きだった。白いページに斜めに、潰れた文字で書かれていた。

死ぬ覚悟はいい　警察官になった時にその覚悟はしていた
もう何もできないのだろうか
外にいる　すぐに入ってくるだろう
書くことが思いつかない
誰か助けて

手が震える。恐怖にまみれた父の叫びを見るのが辛い。

電話はできない　東京の本部にかけたらそちらに行ってしまう
東京には行かせない
葉子と悠樹と友樹がいる東京に奴を行かせてはならない
葉子すまなかった　こんなことならもっと家にいればよかった
悠樹どうか友樹を　母を　強く　立派に育ちますように
友樹が優しく元気に育ちますように
どうか幸せに

視界が急にぼやけ、胸がひくついていた。自分が泣いていることに気付くまで少しかかった。追いつめられ、もうすぐ死ぬと分かった父の最期の言葉は、祈りだった。父が最後の最後に考えたのは、僕たち兄弟と母のことだった。

僕たち子供にはほとんど何もしてくれない父だった。だが、どうでもいいと思っていたわけではなかったのだ。

風が吹き、戸口の外で何かが壊れる音がした。もう、そこに来たのが分かった。

「クガワリのそばは家の中だとそんなには時間がかからないんだけど、つきのこまりに時間がかかると壁とかは見えないわけで」

「友樹」

ふらりと土間に降りていた弟を怒鳴りつける。弟の表情はいつも通りだったが、いつも通りの顔でわけのわからないことを言うのでぞっとした。弟は言う。「やっぱり山が多いといいわけで、坂とか、木とか、クガワリにはそれなりだけど、やっぱり邪魔なわけで」

突然、屋内に向かって突風が吹いた。落ちていた木切れや紙屑が飛び、次の瞬間、派手な音をたてて戸口の周囲が内側に向かって吹っ飛んだ。木屑が飛んできて顔に当たる。

弟の体が何か大きなものにぶつかられたようにくの字に折れ曲がり、宙に持ち上がったと思うと、そのまま空中で止まった。手も足も床から離れて完全に浮いている。呻き声が聞こえ、弟の右腕が背中側にねじ曲がった。骨の砕ける音がはっきりと聞こえた。

僕は動けなかった。自分がこれから死ぬということが、なぜかはっきりと分かった。関内さんがこうして死ぬのを見た後、父も死んだ。僕も弟が死ぬのを見た後、死ぬのだろう。

体が重くなり、畳に手をついた。腐って柔らかくなった畳の、ぬさり、という感触が気持ち悪い。

だが、視線が下がると、黒い金属製のものが目に入った。ちゃぶ台の下、脚の陰になるところに落ちていたのだ。朽ちた植物に囲まれた廃屋の中で、重い金属で造られたその武器はひどく浮いていて、何なのかはすぐに分かった。

拳銃だ。行方不明になる直前、父はなぜか急に拳銃を持ち出していた。そして、そういえばその拳銃は現場から発見されていなかった。父は襲われた時、靴すら履く暇がなかったくらいだ。持っていく暇がなかったのだろう。

僕は拳銃を手に取った。もっとずっしりと重いのかと思ったが、硬くぎっしりと中身が詰まっている感触はあるものの、小さな拳銃は予想よりずっと軽かった。拳銃を見せてほしいと父に頼み、激しく叱られたことがあった。あれはいくつの時だったか。

今は誰も僕を叱らない。

呻き声がした。弟の体が空中に浮いたまま捩れている。

拳銃を持ち上げてみる。それは予想していたよりずっとしっくりと手の中に収まった。

その時、不意に、僕は自分が、これの撃ち方を知っていることを思い出した。ネットで探して見たのだ。警察官の拳銃の撃ち方を。

……どうしてそんなことをしたんだっけ。ああ、そうか。

父が警察官だったからだ。父はきっとこうやって拳銃を撃っていると、自慢だったのだ。

そして思い出した。確かにあの頃は、かすかに父が自慢だった。

どうか幸せに

父は最後にそう書いていた。

拳銃を握り、立ち上がっていた。友樹の体が空中に浮いている。腰が強い力でねじ曲げられている。引き金の安全ゴムを外し、親指で撃鉄を起こした。僕は撃ち方を知っている。父に教わったのではないけど。

悠樹どうか友樹を　母を　強く　立派に育ちますように

両腕を伸ばす。左手で右手を支える。両脚を広げて踏んばり、体をしっかりと固定する。リアサイトとフロントサイトを一直線に合わせ、照準をつける。友樹の体があの位置なら、奴はあのあたりにいる。引き金に指をかける。

強く

引き金を引く。予想通りの発射音とともに、宙に浮いた友樹の体が揺れ、背中から土間に落ちた。弟からは離れた。だがまだ気配がある。位置が分かる。

僕は続けて引き金を引いた。二発、三発、四発。気配がこちらにまっすぐ近付いてくるのが分かった。だから何だ。殺してやる！

五発目の弾丸を叩き込むと、僕の全身を突風が襲った。すさまじい音をたてて雨戸が一枚、外側に吹っ飛ぶ。僕は畳の上に仰向けに倒れて腕をちゃぶ台にぶつけた。手応えがあったのが分かった。弟が呻きながら、左手を床について体を起こしていた。

立ち上がった僕は、弾丸を撃ち尽くした銃を下ろすまで、どのくらい構え続けていただろうか。弾丸は撃ち尽くしていた。人間相手なら威嚇になる仕草だが、あんなものに空の銃口を向けても何も意味がない。だがそうするしかなかった。

一分か二分か、とにかく立ち続けた後で、僕は気付いた。

気配が消えていた。

雨戸が吹っ飛んだところの外から、蟬の合唱が聞こえてきた。油蟬だけではない。ミンミンゼミ、クマゼミ、ツクツクボウシ。これが正しい夏の音響だと思う。

「兄貴」

弟が立ち上がった。左腕がだらんと下がっているし、右手は腰のあたりを押さえている。だが命に関わる怪我ではないようだ。

「……やったのか？」

僕は手の中の拳銃を見た。銃身が熱くなっているようだ。「……たぶん」

弟に肩を貸し、広くなった戸口から出る。

湿ったような、感触のある妙な空気は嘘のようになくなっていた。日差しが顔に当たり、生暖かい風がゆっくりと吹く。

僕は弟と歩調を合わせて歩き出した。周囲の蟬の大合唱が、喝采のように聞こえた。

ぶうん、と低音のおっかない羽音をたてて、大きな蜂が目の前を横切った。黄色ではなくオレンジ色をしたヤバいやつで、さっきも通り過ぎたということは偶然ではなく、おそらく縄張りに侵入したでかい邪魔者（人間）を威嚇しているのだろう。おそらくスズメバチであり、くわばらくわばらと一歩下がる。スズメバチは毒が強くて場合によっては人が死ぬほどなのに、極めて気が荒く、近くに来ただけの人間にすらコノヤローと襲いかかる。日本で最も多く人を殺している野生動物は熊でも毒蛇でもなくスズメバチであり、海外から来た人は「日本はなんでこんなヤバい蜂が普通にそこらにいるんだ」と震え上がるのだという。

報告は済んだ。とっとと退散した方がいいだろう。僕は弟の肩を叩く。「行こう」

伯母から聞いた父の墓だが、どうせここには何も入っていない。だが弟は意外なことに、目を閉じて僕よりずっと長く手を合わせていた。

手桶（ておけ）と柄杓（ひしゃく）を持って草の間を歩く。襲ってくるスズメバチ。遠くで鳴く鴉（からす）。天麩羅鍋の中で一緒に揚げられているような油蟬の大合唱。山の中ってこうだよな、と思う。あそこが異常だったのだ。旧久賀和里村。見えない化け物のいる土地。

「階段、大丈夫か」

「大丈夫。痛えけど」

弟は一歩ごとに体を傾けながらついてくる。突っぱる感覚があるだけの脇腹より、吊った左腕が歩くと響くことの方が辛いようだ。まあ、医師によると後遺症が残るようなことはないらしい。

弟は重傷だったが、僕たちは助かった。

父の車と銃は回収された。銃に関しては全弾撃ち尽くしてしまっていて、その点はどうしようかと思ったが、発見時はすでにこうだった、ということで口裏を合わせた。僕と弟は父のアパートでノートを見つけ、旧久賀和里村を訪ね、そこで拳銃と手帳を見つけた。それだけだ、ということにした。透明な怪物に襲われたのだなどと話しても問題がややこしくなるだけだ。

弟に手を貸し、崩れて歩きにくい墓地の石段を上る。

結局、あの怪物が何だったのかは未だに分からない。

そして解明する手段もない。僕と弟の証言しかないのだし、他人に話しても信じてもらえるわけがなかった。それに、あれは明らかに関わってはいけないものだった。助かったのはただの幸運だ。次に何かあれば、僕も弟も「原因不明の変死体」か「突然の行方不明者」になっているだろう。

世の中には理屈で説明できないものがあるのだった。そしてとにかく触れてはならないもの、見えてはいけないものがあるのだった。あれはそういったもののうちの一つだ。そしておそらく、そういったものは世界中にあり、こうしている間も誰かがそれに関わってしまっている。

関わってしまった結果、どうなるのかは分からない。だが、気になるデータがある。警察庁がまとめた、行方不明者の数だ。日本国内の一年間の行方不明者は戦後、六万人台から八万人台で推移している。その九割は所在が分かり、多くは家に帰ったり、連絡がついたりしている。だが残りの一割と、変死体になった一部。毎年千人程度にのぼるこの人たちが何に遭ったのかは、分かっていない。

はっきり言えるのは、そういうものは意外とありふれている、ということ。そして、見えてはいけないものを見てしまったら、すぐに見ていないふりをしなければならない、ということだ。

石段を上りきり、駐車場に向かって進む。風が、ざっと吹いた。

不自然な風だ、と気付いた。この風はおかしい。

僕はもう分かっていた。斜面の下、今しがた僕たちが立っていた墓地の周囲の林。おそらくはそのあたりだろう。

見られている。

だが、たぶん大丈夫だろう、ということも分かった。こちらには、来ない。僕や弟との関わりはもう、消えたのだ。

おそらく近いうちに、誰かがあれに目をつけられるのだろう。そしてつけ狙われ、不審な惨殺死体か、行方不明者の一人に変わる。

だが助ける術(すべ)はない。また関われば、間違いなく僕も弟も死ぬ。それはごめんだ。手を出すべきではない。

この世には、見えてはいけないものがあるのだから。

あとがき

お読みいただきましてまことにありがとうございました。著者の似鳥鶏です。ホラーに全く合わない名前です。デビュー前、担当編集者に「本当にその名前でいいのか。シリアスな話を書く時辛くなるぞ」と言われたのに「そんなもん書く予定ないからこのままでいいです」と突っぱねたことを激しく後悔しております。たぶん変な感じになるのは「似鳥」のせいではなく（北海道や青森に多い普通の姓です。読み方は「にたとり」「にとり」が多め）「鶏」に責任があるわけで、似鳥絅（けい）とか似鳥鱖（けい）にしておけばよかったと思います。読めませんね。[*1] 人間は形だけ覚えても音として読めない言葉は記憶しにくいようになっておりまして、そのためたとえば"Wednesday"のスペルなどはもう「うえどんえずでい」と覚えてしまった方が早いです。実際この単語はネイティヴスピーカーでもスペルを間違えるのが「あるある」になっているようで、なんでこうしたんでしょうか。"island"のsとか"knife"のkとかもなんなんでしょうか。

嫌がらせでしょうか。もう「いすらんど」「くにっふ」でいいんじゃないでしょうか。もっともこの覚え方は「本当の発音を忘れる」という弱点がありまして、それならばと本当の発音を忘れないように気をつけていると今度は意味を忘れます。「『いすらんど』で"island"……と。ん？　この『いすらんど』って何だっけ？　椅子しかない遊園地？　ＫＡＤＯＫＡＷＡがやってる小説投稿サイト？　『くにっふ』？　昔のネットスラング風な笑い声の表現かな『くにっふwww』……怖いな」

人間は二つのものなら可能でも、三つのものを関連付けて覚えることはできないようになっているみたいです。というかなんで河出文庫のあとがきでＫＡＤＯＫＡＷＡのサイトの宣伝をしているんでしょうか。[*2]

まあデビュー時にシリアスな話を書くと思っていなかったのは本当でして、著者自身は非常に怖がりでありホラーは苦手です。苦手なわりに好きなので始末が悪く、よせばいいのに夜中にホラー映画など観て眠れなくなったり、夜道で背後が怖くなって

＊1　「絅」は「うすぎぬ。ひとえのきもの」という意味らしいが「觿」は辞書を引くと「くじること」と書いてあり、「くじる」って何だよまだ分からないぞ、となる。「棒などを挿して中のものを掻き出す動作。えぐる」である。難しい。

＊2　昔はコミュニティサービスや動画配信サービスなどもやっていたが、現在では小説投稿に特化し、女性層のユーザーが多い。https://maho.jp/

突然振り返ったり、トイレで座ると頭の上に血が垂れてきそうな気がして時折バッと上を見たり、エレベーターで上昇する間は窓の外をスーッと血まみれの人が通過するのが怖くて身を低くして身構えながら窓を覗き上げていたりします。ちなみに冷静に考えれば「そんなことをしている人間の方がはたから見たら怖い」わけで、社会に無用の恐怖をばら撒いています。怖がりのくせにホラーが好きというのもどういうことかよく分かりませんが、これは虫が苦手な人が昆虫図鑑を（決してページを手で触れないようにしながら）何度も開いたりするのと同じで、恐怖の対象に「安全な状態で」何度も触れることで免疫をつけようとしているのではないかと思われます。

実はホラー作家には「すごい怖がり」がけっこういまして、シャンプーができなかったり、夜、絶対にカーテンを開けられなかったり（「外に誰か立ってたらどうするんですか！　上から逆さの女が降ってきてバーン！　ってぶつかってきたらどうするんですか！　責任取れるんですか！」）します。ひどいのになると自滅します。以前自分で「夜、帰り道で駅から出ると真っ暗闇の中でこちらに背中を向けて突っ立っている男がいた。時折肩を震わせて『くくく』と笑っているようでぎょっとしたが、単に携帯の画面を見ているのだった。安心して横を通ったが、すれ違いざまに覗いたら、男が見ている携帯は画面が真っ暗で電源が切れていた」という話を思いつき、その後実際に深夜、最寄り駅付近でこちらに背を向けて携帯を見ながら「くくく」と笑っている男を見た時は全身の毛が逆立ってニャァァァァァァ！　となりました。自家中毒です。何をやっているんでしょうか。まあそういう人間だからこそ「どういうものが怖いのか」に詳しく、だからホラーを創れるのだ、という理屈も成り立つわけですが、「怖い話を作りたがるくせに怖がり」という人種は確実に存在します。つまりなるべく他人も怖がらせることで「みんなでいっしょに怖がれば自分の恐怖はその分薄まる気がする」という心理です。人でなしですね。ですが実際に共感は不安も恐怖も薄めます。地震があるとみんな後で「地震の時何してた？」と話しますよね。不安や恐怖だけでなく、イライラや自己嫌悪など、ネガティヴな感情はなるべく他人と共有した方がいいです。薄れるので。

それとは別に、怖がりに限って奇妙な体験をする、ということもあります。私は霊感がどうとかは全く興味がないし、自分に霊感があるとも思っていませんが、以前、自転車で北海道を旅行していた時、なぜかどうしても怖くて「早く立ち去りたい」と必死でペダルを漕いだ場所が二箇所ありました。あとで調べてみたら二箇所とも心霊スポットでした。[*3]怪異めいたものには縁があるようです。なくていいんですが。

＊3　当然のことながら、「みんながなんとなく怖いと感じる雰囲気のある場所」だからこそ「心霊スポットだ」という噂がたつのである。つまり因果関係が逆なのであって、こういうのを「前後即因果の誤謬（ごびゅう）」と言う。

私事はさておきまして、本書の刊行にあたりお世話になった方々にお礼を申し上げたく存じます。河出書房新社の担当N山様及びS敷様、ありがとうございました。さらにブックデザイナーの坂野公一様、いろいろと難しい装幀の本でしたが、ありがとうございました。また装画のLOWRISE様、これまた難しいイメージの注文に応えてくださり、ありがとうございました。校正担当者様、いつもお世話になっております。このあとがきが一番面倒かもしれず恐縮です。ホラーの本は雰囲気がいつもと違うこともあり、どのような仕上がりになるのか、見本の到着が楽しみです。印刷・製本業者様、いつもお世話になっております。本書もよろしくお願いいたします。

そして河出書房新社営業部の皆様、取次・配送業者の皆様、さらには全国書店の皆様。いつもありがとうございます。より手に取りやすい文庫版になりました。今回もよろしくお願いいたします。

最後に、怖さに負けず本書をお読みいただきました読者の皆様。まことにありがとうございました。普段は怖くない本が多いですが、すべてお値段以上と自負しております。他の本の最後の方でもまた、こうしてお会いできますようお祈りしております。

ちなみに、著者の方はこれを書いている間もまた妙なことがありました。先日、いつも通り家に帰り郵便受けを見ると、なぜかクママリのぬいぐるみが入っていました。何かメッセージが添えられていたり包装されているわけでもなく裸でごろんと入れられていて、かといって隣の郵便受けと間違えたとも思えず、誰がいつ、何のために入れたのか全く分かりません。それでも新品のようですし、捨てるわけにもいかないのでとりあえず部屋に置いています。ですがどうも落ち着きません。このクママリ、一応、世間的には「可愛い」とされる外見のはずなのですが、どうもそれが嘘くさいというか信用できない雰囲気があり、なぜかどの方向から見ても目が合わず、なんとなく愛らしさや癒やしといったものと関係ない気がするのです。そもそもクママリって何なんでしょうか。これも妙なことで、私は最初このぬいぐるみを見た時、普通に「ああクママリか」と思ったのですが、ではそのクママリが何なのかというと、全く思い出せないのです。確かにクママリなんて名前はこれまで一度も聞いたことがないし、どういう意味なのか見当もつきません。ぬいぐるみにはメーカー名も何も書かれていないし、クママリで検索してもそれらしいものは全くヒットしないし、クママリって何なのでしょうか。というより、ぬいぐるみを見て「ああクママリか」と思う以前には、クママリという単語自体知らなかったのではないかとさえ思えてきます。気味が悪いので捨てようかと思うのですが、なぜか捨てると何か悪いことが起こるような気がして決心がつきません。でも部屋に置き続けていたら置き続けていたで、やはり何かよくないことが起こる気もするのです。担当さんにでも送りつければいいのかな、と考えましたが、そうしたら今度は担当さんと私の双方に悪いことが起きるような気がするのです。困りました。どうしたものでしょうか。

似鳥鶏

〈河出書房新社〉

『一〇一教室』（2016年）

『破壊者の翼　戦力外捜査官』（2017年）

『生まれつきの花　警視庁花人犯罪対策班』（2020年）

〈光文社文庫〉

『迫りくる自分』（2016年）

『レジまでの推理 本屋さんの名探偵』（2018年）

『100億人のヨリコさん』（2019年）

『難事件カフェ』（2020年）

『難事件カフェ〈2〉　焙煎推理』（2020年）

〈角川文庫〉

『きみのために青く光る』（2017年）

『彼女の色に届くまで』（2020年）

〈KADOKAWA〉

『目を見て話せない』（2019年）

〈幻冬舎〉

『育休刑事』（2019年）

〈講談社タイガ〉

『シャーロック・ホームズの不均衡』（2015年）

『シャーロック・ホームズの十字架』（2016年）

『叙述トリック短編集』（2021年）

〈実業之日本社〉

『名探偵誕生』（2018年）

似鳥鶏　著作リスト

〈創元推理文庫〉

『理由あって冬に出る』(2007年)

『さよならの次にくる〈卒業式編〉』(2009年)

『さよならの次にくる〈新学期編〉』(2009年)

『まもなく電車が出現します』(2011年)

『いわゆる天使の文化祭』(2011年)

『昨日まで不思議の校舎』(2013年)

『家庭用事件』(2016年)

『卒業したら教室で』(2021年)

〈文春文庫〉

『午後からはワニ日和』(2012年)

『ダチョウは軽車両に該当します』(2013年)

『迷いアルパカ拾いました』(2014年)

『モモンガの件はおまかせを』(2017年)

『七丁目まで空が象色』(2020年)

〈河出文庫〉

『戦力外捜査官　姫デカ・海月千波』(2013年)

『神様の値段　戦力外捜査官』(2015年)

『ゼロの日に叫ぶ　戦力外捜査官』(2017年)

『世界が終わる街　戦力外捜査官』(2017年)

『そこにいるのに　13の恐怖の物語』(2021年)

本書は、二〇一八年一一月に小社より刊行された単行本に副題を付し文庫化したものです。文庫化に際し、新たにあとがきを加え、各話タイトルを改題しました。

そこにいるのに

13の恐怖の物語

二〇二一年 六 月一〇日 初版印刷
二〇二一年 六 月二〇日 初版発行

著　者 似鳥鶏

発行者 小野寺優
発行所 株式会社河出書房新社
〒一五一－〇〇五一
東京都渋谷区千駄ヶ谷二－三二－二
電話〇三－三四〇四－八六一一（編集）
〇三－三四〇四－一二〇一（営業）
https://www.kawade.co.jp/

ロゴ・表紙デザイン 粟津潔
本文フォーマット 佐々木暁
本文組版 KAWADE DTP WORKS
印刷・製本 中央精版印刷株式会社

Printed in Japan ISBN978-4-309-41820-9

戦力外捜査官　姫デカ・海月千波

似鳥鶏　41248-1

警視庁捜査一課、配属たった2日で戦力外通告!?　連続放火、女子大学院生殺人、消えた大量の毒ガス兵器……推理だけは超一流のドジっ娘メガネ美少女警部とお守役の設楽刑事の凸凹コンビが難事件に挑む！

神様の値段　戦力外捜査官

似鳥鶏　41353-2

捜査一課の凸凹コンビがふたたび登場！　新興宗教団体がたくらむ“ハルマゲドン”。妹を人質にとられた設楽と海月は、仕組まれ最悪のテロを防ぐことができるか!?　連ドラ化された人気シリーズ第二弾！

ゼロの日に叫ぶ　戦力外捜査官

似鳥鶏　41560-4

都内の暴力団が何者かに殲滅され、偶然居合わせた刑事二人も重傷を負う事件が発生。警視庁の威信をかけた捜査が進む裏で、東京中をパニックに陥れる計画が進められていた——人気シリーズ第三弾、文庫化！

世界が終わる街　戦力外捜査官

似鳥鶏　41561-1

前代未聞のテロを起こし、解散に追い込まれたカルト教団・宇宙神瞠会。教団名を変え穏健派に転じたはずが、一部の信者は〈エデン〉へ行くための聖戦＝同時多発テロを計画していた……人気シリーズ第4弾！

見た人の怪談集

岡本綺堂 他　41450-8

もっとも怖い話を収集。綺堂「停車場の少女」、八雲「日本海に沿うて」、橘外男「蒲団」、池田彌三郎「異説田中河内介」など全十五話。

実話怪談　でる場所

川奈まり子　41697-7

著者初めての実話怪談集の文庫化。実際に遭遇した場所も記述。個人の体験や、仕事仲間との体験など。分身もの、事故物件ものも充実。書くべくして書かれた全編恐怖の28話。

日本怪談集　奇妙な場所

種村季弘〔編〕　41674-8

妻子の体が半分になって死んでしまう家、尻子玉を奪いあう河童……、日本文学史に残る怪談の中から新旧の傑作だけを選りすぐった怪談アンソロジーが、新装版として復刊！

日本怪談集　取り憑く霊

種村季弘〔編〕　41675-5

江戸川乱歩、芥川龍之介、三島由紀夫、藤沢周平、小松左京など、錚々たる作家たちの傑作短篇を収録。科学では説明のつかない、掛け値なしに怖い究極の怪談アンソロジーが、新装版として復刊！

不思議の国のアリス　ミステリー館

中井英夫／都筑道夫 他　41402-7

『不思議の国のアリス』『鏡の国のアリス』をテーマに中井英夫、小栗虫太郎、都筑道夫、海渡英祐、石川喬司、山田正紀、邦正彦らが描いた傑作ミステリ７編！　ミステリファンもアリスファンも必読の一冊！

『吾輩は猫である』殺人事件

奥泉光　41447-8

あの「猫」は生きていた?!　吾輩、ホームズ、ワトソン……苦沙弥先生殺害の謎を解くために猫たちの冒険が始まる。おなじみの迷亭、寒月、東風、さらには宿敵バスカビル家の狗も登場。超弩級ミステリー。

アリス殺人事件

有栖川有栖／宮部みゆき／篠田真由美／柄刀一／山口雅也／北原尚彦　41455-3

「不思議の国のアリス」「鏡の国のアリス」をテーマに、現代ミステリーの名手６人が紡ぎだした、あの名探偵も活躍する事件の数々……！　アリスへの愛がたっぷりつまった、珠玉の謎解きをあなたに。

がらくた少女と人喰い煙突

矢樹純　41563-5

立ち入る人数も管理された瀬戸内海の孤島で陰惨な連続殺人事件が起こる。ゴミ収集癖のある《強迫性貯蔵症》の美少女と、他人の秘密を覗かずにはいられない《盗視症》の主人公が織りなす本格ミステリー。